François-Xavier Dillard

Né à Paris en 1971, François-Xavier Dillard est directeur commercial dans un grand groupe énergétique français. Il est l'auteur de *Un vrai jeu d'enfant* (Fleuve Éditions, 2012) et de *Fais-le pour maman*, sélectionné pour le prix polar de Cognac (Fleuve Éditions, 2014). En 2016, *Austerlitz 10.5*, coécrit avec Anne-Laure Béatrix, est publié chez Belfond. *Fais-le pour maman* obtient le prix Pocket des Nouvelles Voix du polar en 2017. La même année sort *Ne dis rien à papa* puis, en 2018, *Réveille toi !*. François-Xavier Dillard a participé au recueil de nouvelles *Écouter le noir* (publié en 2019 chez Belfond). Son prochain roman, *Prendre un enfant par la main*, paraîtra en 2020 chez le même éditeur.

UN VRAI JEU D'ENFANT

DU MÊME AUTEUR
CHEZ POCKET

FAIS-LE POUR MAMAN
NE DIS RIEN À PAPA
RÉVEILLE-TOI !
UN VRAI JEU D'ENFANT

FRANÇOIS-XAVIER DILLARD

UN VRAI JEU D'ENFANT

fleuvenoir

FSC
www.fsc.org
MIXTE
Papier issu de
sources responsables
FSC® C003309

Pocket, une marque d'Univers Poche,
est un éditeur qui s'engage pour la préservation
de l'environnement et qui utilise du papier fabriqué
à partir de bois provenant de forêts gérées
de manière responsable.

ISBN : 978-2-266-30627-0
Dépôt légal : octobre 2020

« Toutes les choses vraiment atroces démarrent dans l'innocence. »

Ernest Hemingway

Un peu tard, bien trop tard pour réfléchir... Je suis en train de crever. Pas besoin d'être médecin pour savoir qu'il y a beaucoup trop de sang pour espérer que ça s'arrête. Je souffre encore tellement. Peut-être un peu moins que tout à l'heure, juste après les coups de feu. Le choc a été brutal, d'une violence inouïe. Je me suis retrouvé par terre dans l'herbe jaune, puis il y a eu tout de suite cette atroce sensation de brûlure. Comme si on venait de mettre le feu à mes entrailles. Une douleur sourde, dense, insupportable, de celles qui vous ravagent le corps et vous explosent la tête, de celles qui vous submergent la conscience et vous donnent une furieuse envie de sombrer. Une douleur dont maintenant je n'identifie plus vraiment l'origine tant elle est devenue envahissante, perpétuelle...

Je n'avais jamais tué personne avant aujourd'hui, même si j'en avais eu parfois l'occasion. Pourtant là, tout de suite, je ne me sens pas le courage de m'interroger sur la portée morale, forcément morale, de mon acte. De toute façon, je n'en aurai pas le temps. Allongé dans mon sang, j'observe le ciel, je le regarde parce que je ne peux rien voir d'autre. Tout devient blanc, de plus en plus blanc. Je sombre doucement dans un univers ouaté où chaque couleur perd peu à peu de sa substance pour se fondre dans un brouillard immaculé. De gros nuages cotonneux envahissent mon champ de vision. Je les reconnais, ces nuages. Ce sont les mêmes qui, il y a peu de temps encore, s'accrochaient bien haut dans le ciel, inaccessibles, indifférents au monde. Ils sont descendus si vite. Ils me recouvrent maintenant et m'entourent d'une infinie quiétude emplie de silence mais aussi de cette sourde souffrance qui contribue à mon abrutissement. Il y a quelqu'un, là, près de moi, je le sens. Quelqu'un qui tente de me parler, qui me touche... Laissez-moi tranquille, s'il vous plaît, laissez-moi flotter dans mon océan de douleur au cœur de mon joli petit royaume de coton.

Les autres sont morts, je crois. Et je ne suis même pas rassuré, ni même soulagé. Le pardon, le chemin de la rédemption, tout ce baratin, je m'en fous. Je n'y crois pas, je n'y ai jamais cru. Même si je devine que ce serait plutôt le bon moment pour suivre l'étroit et tortueux sentier de la rédemption. Mais si j'avais pu, moi, si j'en avais eu la force ou plus sûrement l'intelligence, je n'aurais strictement rien fait pour cette fille. Je n'ai rien choisi, rien. Je voudrais juste ne pas être là. Remarquez, j'ai de moins en moins mal... Dans un court instant de terrible lucidité, j'ai conscience que ça n'est pas bon signe du tout. Je voudrais renouer le fil, retrouver l'enchaînement de faits, de rencontres, de décisions malheureuses qui m'a, qui nous a tous menés jusque-là. Mais je n'arrive à rien. Ces choses-là m'échappent comme s'échappe le sang entre mes doigts, comme s'écoule ma vie entre mes mains. De toute façon, aussi loin que je m'en souvienne, ma vie, mon parcours, ça s'est toujours passé comme ça. De la même inconséquente et triste manière. L'absence de contrôle, de maîtrise, voilà ce qui a toujours guidé cette petite vie qui s'achève... mais finalement pas l'absence de choix. Les mauvais choix, c'est moi qui les ai faits, avec obstination et constance, parfois même avec enthousiasme. Et maintenant, j'en paye sûrement le prix. Quoique je doute fort qu'il y ait une quelconque forme de justice immanente. Pourtant, là, justice divine ou pas, j'ai peur, juste ça. La peur logique et implacable que doit ressentir tout homme qui se sait mourir... Mais c'est un peu tard, vraiment trop tard pour regretter.

Chapitre 1

Emma

Ils viennent enfin de me rappeler. Après ces interminables entretiens téléphoniques, ces demandes de papiers, d'extraits de casier, d'attestations en tout genre… Et toutes ces questions sur mes parents, mes frères, mes amis… Ils m'ont littéralement disséquée. J'entends encore cette voix froide de comptable sans âme débiter son questionnaire intime.

« Est-ce que certains de vos proches ont été condamnés par la justice, entendus par la police, mêlés de près ou de loin à des affaires judiciaires ? »

Moi, évidemment, sur le coup j'ai eu très envie de répondre oui. Que mon père a essayé de braquer la Banque de France et qu'avec mon frère, le plus petit, celui qui dirige un trafic de bagnoles quand la came lui laisse un peu de temps, tout n'a pas toujours été facile. Ça n'a pas été simple de devenir cette jeune femme drôle et équilibrée, à la droiture inflexible et à la haute tenue morale. Celle-là même que je suis aujourd'hui et qui est prête, archi-prête, pour remplir leur mission.

Bon, en fait, la vraie version c'est que j'ai été juste bien, comme il faut, que j'ai répondu sans cynisme foireux et sans humour pas très drôle. Sérieuse, crédible, opérationnelle ! Cet argent, j'en ai vraiment, affreusement, terriblement besoin.

C'est vrai qu'ils sont assez glaçants mais plutôt polis et patients, mes recruteurs. Ils me posent avec calme toutes leurs questions, par téléphone. Comme si j'allais répondre la vérité. Vous savez, messieurs, si un de mes amis, un de mes parents, avait été condamné par la justice, je crois que je ne vous le dirais pas. Vous me rappelez un peu les douaniers américains qui vous demandent si vous venez aux États-Unis pour assassiner leur président. Bien sûr, vous dites non, qui dirait oui ? Que voulez-vous répondre à tant de candeur ?

Enfin, j'ai quand même déjà passé trois entretiens et il ne me reste plus que le dernier. Chez eux, à la boîte, *face to face* ! Ultime obstacle avant qu'ils ne se décident à me proposer, ou pas, ce fabuleux job de rêve. Parce que si c'est oui, les enfants, c'est le jackpot ! Enfin, une petite fortune pour une étudiante fauchée qui sent que, ce mois-ci encore, le paiement du loyer va être une entreprise très périlleuse. Et puis c'est le truc tranquille, ce job. Un sac à dos, une tenue d'étudiante – ça, j'ai –, et une protection discrète assurée par un colosse. Confidentialité, sérénité et sécurité absolues.

— Vous sortez de la boutique par-derrière et vous allez prendre le métro. Vous vous rendez à pied chez le photographe, vous attendez qu'il ait terminé son job et vous repartez. Vous voyez, c'est très simple, mademoiselle, très simple et très linéaire. Vous avez bien compris ?

Évidemment, j'ai compris. Des phrases courtes, des verbes d'action : sortir, attendre, prendre, repartir… J'ai fait des études, messieurs, même si elles ne sont pas encore tout à fait terminées. Même si peut-être elles ne se termineront jamais… Il faut dire qu'une thèse au titre pompeux, « De l'influence des places fortes du XIIe siècle sur l'architecture militaire dans les conflits modernes », c'est un travail de longue haleine. Extrêmement ambitieux ! Un peu fumeux quand j'y repense, mais bon, mon directeur de thèse a été séduit, alors… Ce type, ce prof, je le connais pourtant depuis la licence. Je pense qu'il devait être un peu fatigué quand il a accepté mon sujet, il y a deux ans. Depuis, je le croise de temps en temps et il ne manque pas de me rappeler la pertinence de mes recherches.

« Vous verrez, Emma, elle fera date, votre thèse, elle fera date. »

Sûrement, mon vieux, qu'elle fera date… Chez les amateurs de sujets de thèse de doctorat les plus foireux jamais présentés devant la Faculté. Et pourtant, Dieu sait comme la concurrence est phénoménale dans la catégorie !

Alors ce job, voyez-vous, il arrive à point. Je ne sais pas s'il va m'aider pour disserter sur les citadelles et les bunkers, mais vu l'argent que ça représente, je suis sûre qu'il va pouvoir bien me dépanner dans la vraie vie. Celle dans laquelle les places fortes sont d'inaccessibles CDI qui vous ouvrent les portes du crédit à la consommation et la confiance enthousiaste de votre banquier. En plus, ça a l'air plutôt tranquille, ce boulot, encadré, sans danger. En tout cas c'est ce qu'ils m'ont dit… Et moi, pauvre conne, j'y crois.

Chapitre 2

Marc

— Pourquoi personne ne me change ce PC, pourquoi ?! Que quelqu'un me dise juste pourquoi !

Je tape frénétiquement sur le clavier de mon ordinateur puis je me tiens un long moment la tête entre les mains. Ce boulot, c'est une croix ! La police, la protection de la société civile, être le garant du respect de l'ordre public et de la sérénité du peuple laborieux… De belles et grandes missions, non ? On pourrait peut-être avoir des outils un peu à la hauteur. Les chevaliers, eux, ils avaient des armures étincelantes, des épées magiques, de grands chevaux bais aux muscles saillants, à la robe éclatante ! Et moi, petit serviteur de l'État, j'ai quoi, hein, pour relever le grand défi de la protection de la veuve et de l'orphelin ? Un pauvre ordinateur tout pourri dont même une classe de CM1 ne voudrait pas.

C'est précisément, et comme souvent, au moment où je traverse cette profonde crise de désespoir que mon patron fait son entrée. Sa bonne grosse bouille de curé de campagne suivant de près sa bedaine de cinquantenaire repu. Il a l'air de jubiler. Il sautille, le bougre, un dossier vert entre ses petites mains potelées. Il est heureux, joyeux certes, et en même temps un peu inquiétant. On dirait une sorte de faune obèse sous acide. Un faune un peu obscène et très libidineux qui viendrait de tomber nez à nez avec quelques muses à poil en train de prendre un bain dans une rivière trop limpide.

— Allez, allez Marc, arrêtez de faire votre petite pleureuse ridicule et regardez plutôt le beau nouveau dossier que vous amène votre commissaire principal préféré. Un cadeau qui va beaucoup vous plaire, j'en suis certain. Vous savez, Marc, je me sens vraiment comme le père Noël quand j'apporte des dossiers comme ça à mes collaborateurs. Une belle affaire de bijoux, la place Vendôme, du gros bling-bling, des truands comme on les aime… C'est bon, ça, non ? Ça sent l'aventure, la poudre, la police, la vraie !

Le commissaire principal Blier jette le dossier sur mon bureau du geste auguste d'un improbable empereur romain. Puis il me donne une petite tape amicale dans le dos et me sourit avec enthousiasme. Je lève la tête vers lui, l'air plus abattu et plus fatigué que jamais.

— Super, super, mais ce n'est pas ça qui va booster mon PC, père Noël. Quand vous aurez fini de nourrir vos rênes, de féliciter vos petits lutins et de distribuer vos cadeaux, vous pourriez peut-être bouger un peu le service informatique… Pour ma demande… vous savez, mon PC, cette chose, là.

Je montre d'un doigt accusateur le vieil ordinateur et l'écran cathodique d'un autre âge qui l'accompagne, comme un boulet d'acier accompagne toujours son vieux bagnard. Blier prend alors son air grave de prêcheur éploré, celui que je déteste le plus. Il joint ensuite ses deux petites mains grassouillettes dans un geste de profonde miséricorde. C'est odieux, mais il est assez bon dans cette esthétique parfaite de la compassion.

— Mon pauvre cher ami, vous savez comme moi la lenteur de nos services... L'Administration, Marc, l'Administration ! Une grande et vieille dame complexe, fragile... et têtue. Votre demande a été prise en compte et vous aurez votre nouveau PC sans doute un jour... Bientôt. Il faut avoir confiance, Marc, vous me faites confiance, n'est-ce pas ? Et attention, évitons de bousculer les vieilles personnes, ça les fâche et puis, après, elles boudent. Laissez faire les circuits, mon vieux, les circuits...

Il repart alors comme il est venu, l'air bonhomme et réjoui, à petits pas pressés et sautillants. Il me laisse avec ce dossier vert. Il a, comme toujours, écrit au feutre noir, de sa petite écriture millimétrée, un de ces titres ridicules dont il raffole. Sur la pochette verte, un mystérieux « Le plus beau des sacs à dos » fait immédiatement naître en moi une légitime curiosité quant à la nature exacte de ce dossier.

Chapitre 3

François

C'était un lundi.

Et dire que d'habitude je ne mets jamais les pieds là-bas le lundi. Dire que j'avais évité avec soin depuis ma sortie de me perdre à nouveau dans ce vilain troquet du 20e arrondissement. Il y règne avec constance, et obstination, une ambiance de misère, une odeur forte de sueur âcre et de bière tiède. Cet endroit n'est pourtant qu'un de ces typiques repaires d'alcoolos hébétés. Un bar parisien comme tant d'autres, qui accueille avec indifférence les membres effacés et pitoyables de la triste communauté du petit blanc sec du matin, du petit jaune du soir et de toutes les autres couleurs de la cave dans la journée. Un café sans charme qui veut se donner des airs d'authenticité mais qui arrive tout juste à vous faire hésiter entre le mépris et la pitié. Mépris pour ceux qui y exploitent la détresse alcoolique avec d'écœurantes attentions de feinte amitié. Pitié pour leurs clients qui refont le monde à longueur de journée alors qu'ils n'ont pas même réussi à construire une vie.

Je ne juge pas, remarquez, je ne suis pas mieux… Peut-être même pire. La facilité, c'est ce qui m'a perdu. L'argent facile et cette volonté absurde et farouche d'être différent. Cette course effrénée, ce besoin prétentieux d'être au-dessus des gens ordinaires et de leurs petites vies convenues. Cette envie permanente et stupide de snober la routine, de mépriser les contraintes ou de les fuir, tout simplement. Dans notre métier, le stress du salarié, on le connaît mais de manière un peu différente, en concentré. Il ne s'agit pas de cette tension quotidienne qui vous réveille parfois au milieu de la nuit et que vous soignez à petites doses un peu honteuses de Prozac ou de whisky. Cette inquiétude, ces douleurs constantes que vous tentez d'éteindre à grand renfort d'ostéopathie, de psychothérapie, d'allopathie et de toutes ces autres jolies choses en « ie » que vous testez sans succès au gré des modes et des maux. Non, chez nous, le stress, il vous bouffe les tripes pendant dix, vingt minutes, à la puissance dix mille et puis vous l'oubliez… Jusqu'à la fois suivante, jusqu'à l'autre coup, l'autre plan. Bien sûr, on est un peu tendus entre deux jobs. Il y a la peur des flics, l'angoisse de la balance, ces craintes insidieuses qui se terrent au fond du ventre et que vous étouffez à grands coups de virilité exacerbée, de violence et de morgue. La plupart du temps, elles vous laissent en paix, noyées dans le flot tumultueux des fêtes nocturnes et du sexe débridé. Sans compter les déménagements incessants. L'avantage, c'est que, dans ce boulot, on ne se lasse pas de son mobilier. On n'en a pas le temps.

Et puis il y a les hôtels. Moi, j'aime bien les hôtels, j'ai appris peu à peu à les apprécier. Chaque soir cette impression de neuf, de propre, et ce côté impersonnel délicieusement anonyme.

Je suis encore jeune pourtant, enfin pas vraiment dans ce métier, mais plutôt jeune pour quelqu'un qui vient de faire dix ans de prison. Dix années en *off* et toujours aussi con. La prison n'apprend rien, je crois, elle vous brise juste. Elle vous enferme bien au-delà de ses murs et de ses lourdes portes. Et croyez-moi, jamais cliché n'aura porté autant de triste vérité. Alors pourquoi ne me suis-je pas levé quand il est entré dans le bar ? Pourquoi ne lui ai-je pas dit qu'il fallait que je parte, là, tout de suite ? Un décès, un mariage, une tombe à fleurir, à creuser, n'importe quoi pourvu que ce soit urgent et impérieux. Je n'avais rien à faire dans cet endroit, mais ce n'était pourtant pas le hasard qui m'avait conduit jusqu'à ce rade. Je m'étais assis à cette petite table en Formica brûlée de cigarettes oubliées, près de la baie vitrée, pour pouvoir observer les gens qui rentraient et surveiller la rue, vieux réflexe d'habitué de la cavale. Mais aussi et plus sûrement pour être vu. Et bien sûr, lui, il m'avait vu. Lorsqu'il est entré, j'ai observé son regard. Ses yeux sombres se sont éclairés quelques instants et j'ai même cru distinguer l'ombre d'un sourire sur le visage impassible de cette très mauvaise fréquentation. Peut-être était-il vraiment heureux de me revoir. Il y a parfois chez les malfrats de brusques élans d'émotion sincère et ils ne sont pas toujours étrangers aux sentiments ordinaires. L'amitié reste pour eux une valeur forte, qu'ils respectent avec ferveur et dont la trahison tient du crime de lèse-majesté. Ce qui ne les empêche pas, bien entendu, de buter certains de leurs « amis » lorsque la situation l'exige. Et pour celui qui venait d'arriver je savais qu'il avait, à plusieurs reprises, eu à faire face à des situations extrêmement exigeantes… Il était dangereux et au-delà même de la menace physique qu'il incarnait, sa simple présence dans la même pièce que moi représentait un réel danger pour ma conditionnelle.

Le pire dans tout ça, c'est que je sais parfaitement pourquoi je ne suis pas parti. Je ne suis pas parti parce que je suis un flambeur, parce que je sais comme c'est bon de claquer du fric sans compter, parce que j'aime le regard que les gens de la nuit portent sur vous quand ils savent. Je ne suis pas parti parce que je savais que cet homme-là, devant moi, était une clef pour retrouver ces regards, replonger dans ces nuits sans fin, cet argent brûlant. Alors je suis resté à écouter son histoire et je me suis mis à y croire. Tout avait l'air si facile… Pauvre abruti !

Chapitre 4

Emma

Ce type était un naze. Pas seulement parce qu'il venait de me larguer, ce qui, en soit, est un indice suffisant pour être mis au ban d'une société éclairée. Non, surtout parce que ce minable avait cru nécessaire de raconter à ses affreux potes, encore plus minables que lui, que je l'avais « harcelé » pour qu'il reste avec moi… Comme si je n'avais pas suffisamment d'orgueil pour m'interdire ce genre de chose. J'avais simplement cherché à comprendre, dans une démarche, appelons-la, ethnologique. J'avais voulu satisfaire une curiosité légitime sur les motivations profondes de ce garçon. Parce que, après tout, je ne suis peut-être pas la fille la plus sexy de la fac, ni sans doute la plus jolie, mais je suis quand même pas mal et j'ai une certaine aura. Une réputation de nana super marrante et un peu frondeuse qu'il est absolument nécessaire d'inviter à une fête pour que celle-ci soit réussie. Sans prétention aucune, bien entendu. Le problème, c'est que ce n'est pas forcément avec une fille comme ça que les garçons veulent sortir. Ou, pour le moins, rester !

Je ne veux pas faire de la psychologie de pochette-surprise, mais même aujourd'hui, au XXIe siècle, la grosse déconne et le show qui fait marrer, les hommes préfèrent quand même que ce soit eux qui les fassent. Je peux séduire, évidemment, lors d'une soirée, par mon humour irrésistible – ce n'est pas moi qui le dis – et par mes saillies drolatiques. Mais bon, sur la durée, les mecs se fatiguent un peu. D'abord parce que je ne les épargne pas beaucoup et qu'ils sont souvent la cible de mes petites piques, mais aussi parce que l'attention est assez vite détournée au cours des dîners et que les hôtes s'intéressent plus à mes imitations du prof d'histoire comparée des civilisations antiques qu'au pied droit de l'attaquant d'Arsenal ou qu'aux incroyables pistons de la dernière Ferrari. Allez savoir pourquoi ? Attention, je n'ai pas dit que les hommes n'ont pas d'humour. Une fois, je suis sortie avec un type vraiment très drôle, extrêmement brillant, affable mais mordant, sensible mais cynique. Et là, c'était encore pire ! Nous étions dans une sorte de compétition grotesque. À celui qui serait le plus incroyablement à-propos, qui trouverait la meilleure réplique, le plus d'anecdotes… Un cauchemar de surenchères stupides qui nous amenaient régulièrement à nous engueuler en public et à nous abreuver de vacheries. Et là, pour le coup on était beaucoup moins drôles. Bref, pas facile d'être avec la comique de service mais bon, pas évident non plus de tenir le rôle. Par moments, j'aimerais bien échanger ce fameux sens de la repartie contre un bon 95C, une bouche pulpeuse et des jambes interminables. C'est largement aussi irrésistible pour un mec et drôlement moins fatigant que de trouver des vannes. Alors voilà, je vis au quotidien le drame de la nana avec une grande gueule et des jambes normales, une sorte d'animal étrange et mystérieux que les hommes observent avec un mélange de crainte, d'admiration et de curiosité. Comme si, soudain, un scientifique observait, au beau milieu de la savane, un gnou se précipitant sur une lionne pour lui planter ses grandes cornes pointues dans le bide et lui déchirer les tripes avec ses pauvres grosses dents plates, bonnes jusqu'ici qu'à mâchouiller nonchalamment des herbes cramées par un soleil trop ardent. La révolution copernicienne, en quelque sorte. Et pour l'autre naze, là, j'ai déjà préparé une histoire sympa que je m'en vais servir très bientôt, à une prochaine soirée. Une histoire irrésistible sur sa méconnaissance crasse des femmes en général et du plaisir féminin en particulier. Une bien belle anecdote sur ses tentatives désespérées et désespérantes pour me faire atteindre un septième ciel dont je n'ai entrevu que la piste de décollage, et encore, depuis la salle d'embarquement. Je sais, c'est moche mais bon, les gnous aussi, ça peut être très, très méchant.

Il y a pourtant une personne avec qui mon humour ne passe pas, mais alors pas du tout, c'est ma banquière. Avec mon proprio non plus, et c'est pour la même raison. De sombres questions d'argent auxquelles je n'entends rien car je suis, voyez-vous, une intellectuelle, une vraie, donc peu encline à me compromettre dans de vulgaires histoires de découverts, de chèques rejetés, d'agios et de loyers impayés. Pourtant, ma banquière, elle, elle ne s'épanouit qu'en gravitant autour de ces concepts, de ces mots violents qu'elle me jette au visage chaque fois que je la croise à l'agence. Enfin, en gravitant… en planant plutôt, comme un vautour au-dessus d'une bête malade, dans l'attente qu'elle trépasse pour mieux enfoncer son cou déplumé et son bec acéré dans les chairs et les entrailles du petit animal.

Mais pour le moment, l'animal a fait sortir de son compte bien plus d'euros qu'il n'en a déposé. J'ai donc terriblement besoin d'argent. Téléphone, resto, sorties, fringues, loyer dont une moitié est payée par maman, l'autre par moi. C'était le deal pour obtenir cette fausse indépendance qui me ruine. J'essaye tant bien que mal de respecter le marché, quand cette cruelle civilisation de la consommation n'a pas dévoré, dès le 15 du mois, ma pauvre petite moitié de loyer. Et le pire dans cette situation, c'est que c'est moi, toute seule comme une grande imbécile, qui ai lâché il y a six mois un boulot bien payé. Tout ça pour satisfaire mon orgueil démesuré. Tout ça pour avoir le plaisir un peu crétin de dire non à des gens qui n'entendent guère que des oui chez leurs collaborateurs. De toute façon, les rares jobs que j'ai obtenus, je les ai toujours un peu ruinés à cause de ma propension à l'insubordination chronique et de ma détestation systématique de l'autorité. À bien y réfléchir, mon ego m'aura coûté cher et je m'interdis bien, à ce moment précis, de mettre à nouveau en péril une activité rémunérée en cédant une nouvelle fois à cet esprit de révolte un peu infantile qui anime trop souvent mes élans. Hélas, ce vœu pieux ne restera qu'une bonne intention dont, dit-on, l'enfer est pavé. Un proverbe inique qui démontre bien que son auteur n'y a certainement jamais mis les pieds. Je l'ai traversé moi, cet enfer, et je peux vous assurer que je n'y ai rien vu qui ressemble, de près ou de loin, à une bonne intention.

Chapitre 5

François

Plus Momo me parle de son affaire et plus le spectre de la prison recule. Un pan entier de ma vie annulé, perdu pour tout le monde et avant tout pour moi et j'arrive tout de même à oublier. Dieu sait pourtant comme le temps ne passe pas vite là-bas. Il y a la télévision… Mais on apprend juste à la haïr. Elle est cette vilaine petite lucarne qui s'ouvre sur un univers qui ne vous appartient plus. On pense aux femmes aussi, ou plutôt à leur absence. À celles qui vous ont oublié et à celles que vous ne connaîtrez pas. Enfin, il y a la dope, évidemment. Cette drogue qui vous aide au début pour mieux pourrir ensuite ce qui vous reste de vie et de dignité.

Et puis un jour gris, forcément gris, vous finissez par sortir et vous êtes complètement paumé. Encore enfermé dans vos manies de taulard, vos habitudes de reclus. Bien sûr, quand vous sortez c'est d'abord la joie qui domine, forte, brutale, enivrante. Et soudain vous ressentez de la peur, de l'angoisse et, pour finir, de la honte. Vous êtes dehors, mais marqué par un méchant blanc sur votre CV. Vous êtes perdu, malade de ne plus être entouré, accompagné, guidé comme un enfant, pour chacun des actes du quotidien. On en arrive même à regretter le morne ordonnancement de la vie carcérale. Mais on se reprend. On est quand même libre et on veut le rester.

Il y a tout juste une semaine. Je suis devant la glace, je me parle, je me dis que les conneries c'est fini, que ce boulot merdique je vais quand même le prendre, et qu'avec un peu de chance je vais pouvoir recommencer. Un nouveau départ, voilà, c'était ça, un nouveau départ ! J'ai le droit d'y croire. Et puis il y a Momo, ce salaud qui sait que les mille euros par mois que m'offre ce job de manutentionnaire, je peux les multiplier par cent, par mille, en une heure, et que je ne résisterai pas très longtemps à ce genre de mathématiques infernales. Je le vois bien, je vois bien qu'il le sait, ce pourri, avec sa gueule de faux jeton et son air de me faire une fleur en me proposant une combine réservée au gratin.

— Tranquille, vieux… Pas de problème, pas de complication. Du velours. Ça fait six mois qu'on est sur le coup. C'est toujours la même chose pour toutes les boutiques. La mule arrive, elle prend les bijoux et elle les emmène chez le photographe. Pas de flics, juste un garde du corps. Elle est habillée comme une étudiante, avec un pauvre sac en toile. Du vrai velours je te dis.

Sacré Momo ! Le super plan bien sûr, toujours facile, avec lui, tranquille, pas de soucis. La dernière fois que j'ai participé à ce genre d'aventure fabuleuse, je me suis réveillé quelques années plus tard.

— Écoute, Momo, tu sais, je ne crois pas que ça me tente. J'en ai marre de ces conneries, j'ai envie de raccrocher.

Évidemment il n'y croit pas et le pire, c'est que moi non plus. Comme un camé, je suis déjà sur le coup. Je pose des questions, je m'agite, je m'emballe. Manutentionnaire ! Comment ai-je pu m'y voir ne serait-ce qu'une seconde. Je suis un dur, un affranchi, et l'affaire a l'air de tenir la route, non ? C'est vrai qu'il est bien renseigné, Momo, bien informé. Il entre dans les détails, me donne des noms, des horaires. Plus il en parle et plus j'y crois… Il a envers moi des attentions d'associé : il lève peu à peu le secret, distillant des informations, donnant des chiffres qui renforcent encore ma conviction et me donnent le tournis. Il me regarde droit dans les yeux, me sourit, me rassure. C'est une véritable tentative de séduction à laquelle se livre Maurice Bartozzi. Il ne voit personne d'autre que moi sur ce coup, c'est simple : si je ne le fais pas, il n'est pas certain de tenter quoi que ce soit. À cet instant, je n'ai même pas la lucidité nécessaire pour me dire que sa soupe, il a déjà dû la servir à d'autres types et que s'il est venu jusqu'à moi c'est parce que les autres, plus malins ou mieux informés, ont décliné son offre. Je suis resté si longtemps là-bas, je ne sais plus vraiment ce qu'ils sont devenus, tous, ce que l'on dit sur eux, sur lui. Lui qui, sans jamais avoir pu devenir un véritable parrain de la pègre parisienne, s'est tout de même forgé une solide réputation de dur et a quelques coups spectaculaires à son actif. Je sais bien entendu que ce grand type à la cinquantaine marquée n'est pas un enfant de chœur, mais ce que j'ignore encore, c'est que sa propension à la violence et son indifférence au meurtre ont trouvé un nouvel élan, une nouvelle dynamique. Ce que je ne sais pas à ce moment-là, c'est que plus personne ne veut bosser avec lui et qu'il est grillé sur la place. Alors je plonge et j'ai cette cruelle confirmation : la prison ne m'a rien appris, définitivement.

Chapitre 6

Marc

J'ai lu et relu le dossier de mon petit commissaire Noël. Il n'y a pas grand-chose dedans, et pourtant ça sent la grosse affaire. C'est assez simple, aussi, et ça, ça me plaît. Un grand bijoutier de la place Vendôme veut faire photographier sa nouvelle collection. Bon, on ne photographie pas une rivière de diamants comme on le ferait pour son chien ou le port d'Houlgate, ça je m'en doutais un peu. Ce que j'ignorais, c'est qu'il existe des professionnels de ce genre de truc, des sortes d'experts, des divas de la macro, des incontournables de la perle et du diamant. De ceux qui « magnifient le travail du joaillier tout en respectant son art, avec discrétion et pudeur ». En tout cas, c'est ce qui est écrit sur la brochure jointe au dossier.

L'une de ces stars de la photo qui brille a installé ses studios en région parisienne. Et c'est à cet endroit que le bijoutier va envoyer ses œuvres pour les magnifier. Mais là où la chose est amusante, c'est qu'au lieu de balancer la grosse artillerie avec fourgon blindé, escorte bien voyante et tout le bataclan, le bijoutier a décidé de la jouer tout en discrétion et en subtilité. Avec pudeur et retenue, comme le photographe… Ils le font de temps en temps, ce coup-là. Le coup du sac à dos et de l'étudiante. C'est assez simple : on prend une figurante un peu briefée, on lui colle des bijoux dans un sac de toile pourri et on l'envoie faire faire les clichés. Elle revient comme elle est venue, en métro et en RER, suivie de loin par un garde du corps. Un peu gonflé mais discret, efficace et pas cher.

Sauf que là, il faut croire que la discrétion indispensable à une telle opération n'a pas été tout à fait respectée. Un des informateurs du patron – il a un des plus beaux réseaux d'indics de Paris, privilège de l'âge, sans doute, mais aussi résultat de quelques inavouables compromissions – nous a refilé un tuyau d'importance. Deux malfrats aguerris et une petite frappe en devenir ont eu vent de la prochaine opération « sac à dos ». Et que croyez-vous qu'il arrivât, nos trois larrons sont aux abois et se sont déjà fait une belle grosse fête dans leurs petites têtes. Notre informateur a entendu deux des voyous en discuter dans un bar. Il aurait certainement voulu en être aussi, mais c'est un tel junkie que plus personne ne lui propose le moindre plan, pas même un vol de Pépito dans une station-service. Alors il s'arrange avec nous et laisse traîner ses très sales oreilles dans tous les bars louches de Paris. Il rapporte, il transmet, il informe sans rien omettre. Je le soupçonne même, mais qui ne le ferait pas dans sa situation, d'en rajouter un peu.

Sur ce coup-là pourtant, pas de doute, les deux noms sont tristement crédibles. Il y en a même un que nous ne pensions pas revoir tout de suite. Mais je le connais un peu, François, il était impossible qu'il se tienne très longtemps tranquille. La réhabilitation, c'est pas son truc. Un flambeur pareil, il n'a pas pu résister, évidemment. Je l'imagine bien, je le vois parfaitement en train de refuser pendant cinq minutes, avant de replonger avec enthousiasme dans les embrouilles et les affaires juteuses. Mais cette fois-ci, mon vieux, ça risque de se compliquer un peu. Et en fait de complexité, je suis loin de me douter que ce sera un tel merdier.

Quoi qu'il en soit, en ce moment, j'ai besoin d'un coup comme celui-là. J'en ai besoin pour oublier l'informatique, pour me rappeler que si j'ai choisi la police, c'est pour être mis sur ce genre de dossier. Pour taper du gangster, pas pour serrer de la petite frappe de banlieue qui magouille dans des trafics crapoteux au fond d'une cave grise. Et surtout, ma carrière, c'est maintenant ou jamais qu'il faut que je la fasse. Je ne suis pas mal noté mais pas franchement dans les petits papiers non plus. Une affaire comme celle-là, si je la gère bien, ça peut être un vrai tremplin pour un jeune flic qui veut croire encore à l'ascension par le mérite. C'est là, je crois, que j'ai décidé de piloter ça tout seul, que l'idée imbécile de faire de ce casse un dossier personnel a germé dans ma petite tête. C'est sûrement à cet instant précis que j'ai construit ma perte avec l'enthousiasme stupide et farouche des ambitions démesurées.

Chapitre 7

Emma

« De l'influence des places fortes du XIIe siècle sur l'architecture militaire dans les conflits modernes »... Je me demande bien où je suis allée chercher un sujet de thèse aussi délirant. À dire vrai, je sais très bien pourquoi je me retrouve avec cette problématique colossale sur les bras. Je suis allée la dénicher dans un des épisodes les plus traumatisants et les plus excitants de mon enfance ! Je venais d'avoir huit ans lorsque mes parents eurent une idée de génie.

« Allons donc visiter le château de Carignac, les enfants, vous allez voir c'est formidable, il y a des oubliettes, des douves, des tours... Pensez donc, un témoignage unique de ce qui se faisait de mieux en matière de forteresse médiévale ! »

C'était à peine à une heure de chez mes grands-parents, une vaste demeure un peu sinistre, au cœur du Périgord noir, dans laquelle nous passions tous nos étés. Bon c'est vrai, des châteaux, dans cette région, il y en a des tripotées, mais celui-là possédait, paraît-il, l'avantage d'avoir su garder une authenticité et un état de conservation exceptionnels.

Une fois arrivés, nous nous étions éparpillés, avec mes cousins et mon frère, dans un vaste parking empli d'autocars multicolores qui déversaient leurs flots de touristes à casquette, de marmots pleurnicheurs et de personnes âgées en voyage mal organisé. Aussitôt rappelés à l'ordre par l'autorité parentale, nous nous étions tous réunis près de la voiture et nous avions alors pris conscience de la masse imposante du château de Carignac. Il surplombait de son vaste embonpoint notre parking et rendait presque ridicules les autocars qui nous semblaient si imposants quelques instants auparavant.

« Voilà, les enfants, nous y sommes, c'est Carignac ! Nous allons commencer la visite et je vais vous demander, une fois n'est pas coutume, de faire preuve d'un minimum de tenue. Ces vieilles pierres sont dangereuses et nous ne sommes pas à l'abri d'une chute. Si vous vous égarez, restez où vous êtes, nous finirons bien par vous retrouver. »

Sympa, la visite… La première heure fut un exemple de discipline collective et d'intérêt partagé. Je suivais mon grand frère, serrant sa main avec confiance et nous écoutions sans vraiment les comprendre les explications laborieuses de nos parents sur l'utilisation des hourds et des courtines et l'habileté meurtrière des soldats de l'époque à massacrer joyeusement leurs assaillants à grands coups de masse et de fléau. C'est au moment où mon père se lançait dans un mini-exposé sur la différence fondamentale entre une baliste et une catapulte que j'échappai à l'affectueuse protection de mon grand frère pour entamer enfin une exploration digne de la curiosité insatiable d'une petite fille intrépide. Il n'était pas question que je quitte les lieux sans avoir découvert où se cachaient les inévitables princesses qui devaient nécessairement y vivre. Il ne m'avait pas fallu plus de cinq minutes pour me perdre. Pourtant, une sorte d'orgueil inexplicable m'empêchait de m'asseoir et de me mettre à pleurer afin qu'un des nombreux adultes que je croisais s'occupât de moi. Au lieu de ça je continuais à m'enfoncer dans les méandres du château, allant même jusqu'à me faufiler derrière les chaînes et les protections qui avaient été installées pour éviter justement que des inconscients ne les franchissent. Je n'ai pas vu le trou qui s'ouvrait, béant, au détour de la petite coursive que j'avais empruntée avec enthousiasme.

La chute me sembla durer une éternité et je me fis l'impression d'une Alice au pays des merveilles un peu trash dégringolant au fin fond du terrier du lapin blanc. La réception fut bien moins poétique. Je m'écrasai lourdement par terre au milieu d'un amas de terre et de cailloux. Une douleur sourde se mit à irradier dans ma tête, puis dans ma jambe, et des larmes surgirent aussitôt. Je réussis pourtant à me redresser et, au prix d'un effort incroyable, je me remis debout pour faire l'état des lieux. Je levai alors la tête en reniflant. J'aperçus, à quelques mètres au-dessus de moi, une pâle lueur qui me rassura un peu. Je n'étais pas complètement coupée du monde, puisque je pouvais encore distinguer la lumière. Le problème était simple. Il m'était impossible de remonter la paroi abrupte qui constituait les murs de ma prison, et le long de laquelle j'avais glissé. Regardant plus attentivement autour de moi au fur et à mesure que mes yeux s'habituaient à l'obscurité, je me félicitais de ne pas m'être assommée ou tuée dans cette chute. De grosses pierres et des morceaux de métal saillaient le long des murs. C'était un miracle que je m'en sois sortie avec une simple bosse et une douleur à la jambe. Je n'avais jamais été une enfant pleurnicheuse ou empotée et je pense que l'étroite complicité qui me liait à mon frère aîné renforçait encore mon petit caractère volontaire et déterminé. Bien sûr, je criai d'abord mon infortune espérant que quelqu'un m'entende et vienne me secourir. Mais je m'égosillais sans grand espoir parce que je n'avais croisé personne dans cette partie du château, qui n'était pas destinée à être visitée.

J'avais le choix entre deux possibilités : sombrer dans le désespoir absolu, m'allonger et me laisser mourir en regrettant de n'avoir pas même découvert la cachette des princesses, ou bien tenter de trouver une issue et me sortir de ce trou pourri. Je me raccrochai avec fébrilité à l'image rassurante d'Hugo et me demandai ce que mon cher grand frère aurait fait dans la même situation. Un garçon de douze ans n'aurait bien entendu pas pleuré, ni baissé les bras. Il aurait cherché vaillamment une solution tel un chevalier des temps modernes, un Jedi quoi. Alors, du haut de mes huit ans et à la faible lueur d'un jour déjà déclinant, je me mis à scruter l'endroit dans l'espoir de trouver un passage, une porte dérobée, un escalier secret… Bien entendu, je ne trouvai rien de tout ça mais mes recherches me permirent toutefois de mettre la main sur un morceau de métal rouillé que je transformai aussitôt en bêche. S'il n'y avait pas de passage secret, j'allais en creuser un !

Deux heures plus tard, quand les pompiers me retrouvèrent, j'avais dû faire un trou de trente centimètres. J'avais soif, mal aux mains et à la tête. Les larmes que je retenais depuis ma chute jaillirent avec allégresse quand enfin je pus me réfugier dans les bras de mon père. Je jetai alors un regard à mon frère et, avec une fierté non dissimulée, je lui glissai :

« Tu vois, Hugo, j'ai creusé un tunnel, toute seule ! Si les pompiers n'étaient pas arrivés, j'aurais trouvé une sortie, c'est sûr ! »

Alors voyez-vous, cette thèse, je le sais maintenant, c'est un peu ma revanche sur les places fortes. C'est peut être aussi ce tunnel que je n'ai jamais fini de creuser là-bas, toute seule, au fond de cette sinistre oubliette.

Chapitre 8

François

— Je te le redis une dernière fois, François, c'est vraiment pas le truc compliqué. J'ai tout vérifié, tout contrôlé… Ça glisse. Et t'auras juste à conduire la bagnole. On arrive, on sort, on maîtrise le costaud et la minette, on les embarque dans la voiture. Deux minutes, montre en main. On les droppe dans une zone perdue. Et nous, on a tapé les bijoux ! Et pour la fourgue des pierres, t'inquiète pas, on a déjà tout prévu, ça glisse, vieux, ça glisse.

Tout semble si simple. Et tout cet argent qu'il me promet, je l'ai presque déjà entre les mains. Dans quinze jours, je me paye des vacances. Je vais pouvoir l'ouvrir en grand, cette saleté de petite lucarne, je vais pouvoir l'exploser, cette téloche de merde. Plus de fantasmes, plus de souffrances ni de rêves inassouvis. Du réel, du concret, du soleil, des femmes qui me regardent et qui ne sont pas des professionnelles, pas officiellement en tout cas. Ce matin, je suis passé devant l'agence de voyages en bas de l'immeuble. À ce moment-là, j'étais encore raisonnable, je me suis dit que, peut-être, dans deux ou trois ans, je pourrais m'offrir un voyage. Que je serais heureux de les avoir gagnées en bossant, ces vacances, en toute légalité. Comme les autres, les gens ordinaires, ceux que je crois mépriser et qu'au fond j'envie sûrement. Grâce à cette affaire, je vais juste raccourcir les délais. C'est la grande magie de ce business. Je transforme les années en mois, les mois en jours et les jours en heures. Je sais que, bientôt, je vais rentrer dans cette agence, que je vais payer cash sans me demander si c'est vraiment raisonnable, sans passer des heures à regarder le prix des hôtels, perdre des jours à trouver des vols charters sur Internet. Et voilà, je suis déjà retombé et je ne m'en rends même pas compte. Dans un éclair de lucidité, je reprends de la distance.

— Attends un peu, et si le garde du corps résiste, résiste vraiment, je veux dire. Si la fille se met à hurler, si le sac est vide, si la voiture se met à merder, s'il y a des flics, et si…

Momo souffle, son visage se durcit et ses yeux se plissent. Il s'énerve.

— Et si t'arrêtais un peu de faire chier avec tes si ! C'est facile, je te dis. Mais si tu flippes, OK… On peut trouver un autre chauffeur. Crois-moi, sur un coup pareil on n'aura pas trop de mal. Si tu veux, on s'arrête là… Mais t'as changé, François, tu sais, t'as changé.

Il fait mine de se lever et, à cet instant, je le rattrape par la manche. Il se rassoit et il a alors un petit air satisfait qui me donne immédiatement envie de le cogner. Pourtant, je baisse pavillon.

— C'est bon, c'est bon, t'as gagné. Mais par pitié, arrête de faire cette tête de réjoui parce que ça va très sérieusement commencer à me gonfler. Il y a aussi un autre truc, Momo, un truc d'importance... Je ne veux pas de sang sur cette affaire, pas une goutte. C'est un coup tranquille, comme tu dis, non ? Donc je suppose qu'on a besoin de buter personne... N'est-ce pas ?

Il me regarde avec le visage de l'innocence bafouée, et puis il me ment :

— Oui, oui, pas de sang, pas de violence. Tu sais, en dix ans les méthodes ont un peu changé. C'est fini, le temps où on défouraillait dans tous les sens et où on balançait des grenades, façon Mesrine. Aujourd'hui, c'est Internet, psychologie et persuasion... De la douceur et de la fermeté, tu vois. Une main de titane dans un gant de néoprène.

Il se marre, tandis que je le prends au mot et m'enhardis :

— Donc pas d'arme sur ce coup-là, c'est ça, hein, Momo ?

Il se met à ricaner et me regarde comme si j'avais enfilé un kilt et entamé une gigue en soufflant dans une grosse cornemuse.

— Les méthodes ont changé, François, c'est vrai, mais on n'est pas devenus des coiffeurs pour dames non plus. (Il ricane encore.) Le garde du corps, là, je ne vais pas le maîtriser avec un peigne, tu vois. Il faut un minimum, juste pour être crédible, tu comprends. La psychologie, avec un flingue, ça marche quand même vachement mieux.

Oui, je vois, je vois bien, Momo. Rien n'a changé en fait. Tu fais toujours le mariole avec des flingues, tu as toujours ce regard bien déjanté quand tu parles de tes coups. Tu es toujours aussi inquiétant et pas fiable pour un rond… Pourtant, je signe et je me lance avec, en forme d'ultime bravade, un faible et pitoyable avertissement.

— Pas de sang, Momo, pas de violence inutile. Au premier coup de feu, je préfère te prévenir, je plaque tout.

Momo, qui a arrêté de ricaner, me tend une main ferme que je serre sans conviction.

— T'inquiète pas, vieux, t'inquiète pas ! Et pour fêter nos retrouvailles, tu sais quoi, on va s'offrir une petite virée dans Paname, comme avant. Il faut que je te présente Ben. Tu vas voir, il est jeune mais il a l'instinct et envie de bien faire.

Je suis un peu inquiet : l'instinct, l'envie de bien faire, dans ce métier, c'est toujours le besoin d'en faire trop. Pourtant, avec le Ben en question, en imaginant le pire, j'étais encore très loin du compte.

Chapitre 9

Momo

Je ne pensais pas qu'il faudrait que j'aille jusqu'à faire semblant de me barrer pour qu'il craque. Mais je savais bien qu'il finirait par céder. C'est le vieux Djamel qui m'avait donné des nouvelles de François. Tout juste sorti de taule, un job de manutentionnaire payé au lance-pierre, au régime normal d'ex-taulard, depuis quinze jours… Il était mûr, le petit père. Prêt à lâcher ses pauvres illusions de réinsertion pour un plan juteux pas trop compliqué. Je savais aussi que je finirais par le retrouver dans ce bar et qu'au moment où il se déciderait à y remettre les pieds, ça voudrait dire : « Ça y est les gars, je suis prêt. Qui a un job pour moi ?! »

Moi, je l'aime bien, François. Il est un peu de la vieille école, comme moi. On n'est pas vraiment de la même génération, mais il est fiable et il sait gérer des situations tendues. Et puis il n'y en a pas des masses, des bons chauffeurs, des mecs capables de monter sur un coup comme ça sans se prendre trop la tête.

En fait, heureusement qu'il a fini par dire oui, parce que je n'avais personne d'autre en vue. Les deux, trois types que j'avais approchés pour le job m'avaient tous claqué entre les doigts. Je sentais bien un malaise, je voyais bien qu'ils flippaient. Je sais ce qu'on dit sur moi à Paname depuis quelque temps, j'entends bien les remarques, je devine les regards entendus. Bon, c'est vrai que sur les deux dernières affaires ça s'est pas très bien passé, mais c'est les risques du métier, non ? On n'a pas choisi d'être fonctionnaires, les gars. Que ça pète un peu de temps en temps, c'est juste… juste normal. Quand ça commence à merder, faut pas perdre la tête. Faut prendre les bonnes décisions et parfois, elles sont radicales, c'est tout. J'y peux rien, moi, faut être mathématique dans ce métier. Faut pas laisser trop de place au hasard, aux surprises et aux aléas. Je suis pragmatique, moi, pas psychotique ! Et si on ne doit pas laisser de traces, on n'en laisse pas… pareil pour les témoins. C'est simple, c'est tout. On peut pas dire que ça m'ait desservi jusqu'à maintenant. J'ai passé moins de temps en cabane que la plupart de ces types qui veulent plus bosser avec moi. Mais allez savoir pourquoi, ça les motive pas plus que ça. Une histoire de morale peut-être, la belle blague ! Quand on choisit notre voie, la morale, les valeurs normales, faut oublier, sinon on fait pas long feu. Moi, j'ai décidé très tôt de ne pas m'en encombrer et de gérer ce business comme il doit l'être. Sans états d'âme et sans pitié. Si t'as pas compris ça dans notre job, t'es très mort, fini.

Puis y a l'autre, le jeune, Ben. Lui, il était tellement content que je lui propose quelque chose d'un peu sérieux qu'il n'a pas hésité une seule seconde.

Je le vois encore me remercier, me dire qu'il va se défoncer et que je le regretterai pas. Qu'il attendait que ça, qu'on vienne le chercher pour un truc important, qui le changerait un peu des deals foireux de sa cité et des embrouilles avec la BAC locale. Et pour les questionnements moraux, avec lui je ne suis pas vraiment inquiet, je n'ai pas l'impression que ça le travaille beaucoup, le salut de son âme. Tant mieux, on n'a pas besoin de prêtre pour faire ce genre de boulot. La seule chose, c'est que je le connais pas très bien, je ne sais pas comment il réagira si ça chauffe, si ça commence à partir en vrille. Mais bon, on sera deux avec François pour le tenir à l'œil, et il n'aura surtout pas envie de se griller. Quand on passe dans la cour des grands, on ne fait pas le mariole, Ben. Si on veut continuer à jouer les hommes, vaut mieux pas faire de vagues. Je ne sais pas non plus s'il va plaire à François, je n'y crois pas trop malgré l'enthousiasme dont j'ai fait preuve dans la présentation du petit, le très bon resto et la boîte branchée dans laquelle nous terminerons la nuit, malgré les fragments de grande vie que je vais faire soudain réapparaître dans le paysage de François. Malgré tout ça, je sens bien que la réunion de ces deux-là ne va pas être simple. Mais après tout, c'est ce qui fait la richesse d'une équipe, non, un peu de mixité sociale, des seniors avec des juniors, le mélange du savoir-faire des anciens et de l'enthousiasme des jeunes. Ce n'est pas malfrat que j'aurais dû être, moi, c'est DRH ! Alors en quittant le rade avec François, je me dis que tout ira bien, que ce coup-là pourrait bien redonner du feu à une carrière qui, soyons réalistes, prend un peu l'eau en ce moment.

Je me retourne vers François, je le regarde attentivement, je crois qu'il n'a pas loin de la quarantaine maintenant. Il fait plus vieux, il a l'air fatigué. Ses cheveux blonds sont coupés très court, et il y a une sorte de grande lassitude dans son regard. Ses yeux bleus sont vides, comme rincés. Dix ans de tôle, c'est sûr que ça doit vous éteindre de l'intérieur. Mais j'ai quand même retrouvé un peu de cet éclat, de cette lueur d'excitation que je lui connaissais bien, quand j'ai commencé à lui donner des détails sur les bijoux, sur le timing. Pourtant, après, il y a eu aussi toutes ces questions, ces inquiétudes. On les a tous, hein, faut pas croire qu'on est inconscients ou complètement déconnectés, sauf qu'il existe une règle, c'est qu'on ne les exprime pas, jamais. Il a dû l'oublier en prison. Je veux bien mettre ça sur le fait qu'il doit être un peu déboussolé après toutes ces années passées là-bas. Mais faudrait pas qu'il se mette à me refaire son sketch devant le petit. Je lui ai promis la cour des grands, au gamin, ce n'est pas pour se retrouver avec un mec paumé qui se met à flipper. Enfin, j'ai quand même confiance, François, c'est un bon qui sait où sont les priorités et qui a toujours eu les bons réflexes, un type fiable sur qui on peut compter. Et si jamais je me trompe, eh ben, je sais que moi, je pourrai prendre les bonnes décisions, aussi définitives soient-elles.

Chapitre 10

Emma

Je suis allée à l'entretien avec un sentiment étrange de crainte et d'enthousiasme mêlés. Ce nouveau job, je le sens pourtant : bien payé, original et excitant. J'ai donc décidé d'assurer cette dernière et décisive étape. De toute façon je n'ai pas vraiment le choix. Je me souviens qu'au début de ma recherche de job, je m'étais fixé des règles strictes, une ligne directrice, des principes d'airain auxquels jamais je ne dérogerais. Primo, il était absolument hors de question que je demande à mes parents de m'aider ; deuzio, pas question que je vende des hamburgers. Tertio, il était inimaginable que je ne travaille pas dans un environnement culturel riche, entourée de gens passionnants et intellectuellement exigeants… Je n'avais donc pas retrouvé de boulot.

C'est Camille, ma copine *so chic*, qui m'a refilé le plan. Elle travaille à mi-temps chez un grand bijoutier de la place Vendôme et puis, il y a trois semaines, elle m'a avoué sur le ton de la confidence :

« Tu sais, il paraît que nous recherchons des “convoyeuses anonymes” pour emporter nos bijoux chez un photographe. (Elle a continué en chuchotant.) Notre nouvelle collection. »

J'ai bien aimé le « nous », le « nos » et le « notre » qu'elle m'a servis avec tant de légèreté. Comme si elle faisait partie des gens qui décident, comme si c'était sa boutique. Finalement ces bijoux, ce sont un peu les siens.

« Bon, tu vois, en fait ce qu'on recherche, ce sont plutôt des filles qu'on ne remarque pas. Des filles capables, disons, de se noyer dans la masse… J'ai tout de suite pensé à toi, bien sûr. Tu m'as bien dit que tu avais besoin d'argent en ce moment ? »

Je rêve ! Quand je pense que cette fille est venue me chialer dans les bras il y a six mois parce que son mec l'avait lourdée. Et qu'à présent, l'air de rien, elle me balance que je suis le genre de fille qu'on ne remarque pas, la pauvre fille transparente tout à fait adaptée pour une splendide et silencieuse « noyade dans la masse ».

J'aurais pu la gifler et lui faire remarquer que ça fait bien longtemps qu'elle, elle s'est noyée dans la masse grouillante des petites pimbêches trop bien foutues, aériennes et insupportables, cette horde de minettes qui envahit en gloussant mon quotidien parisien. Mais une vague d'aquoibonisme m'a submergée et j'ai laissé tomber. De toute façon, je sais qu'elle est définitivement irrécupérable. Et surtout, raison sans doute la plus implacable et la moins noble de mon abdication, j'ai trop besoin de cet argent.

Je suis donc faible et lâche et au lieu d'une sublime réplique, à la fois définitive, sophistiquée et glaçante, un truc du genre « Je crois que tu n'es vraiment qu'une misérable garce », eh bien au lieu de ça, j'ai répondu simplement :

« C'est payé combien ton truc ?

— Hyper bien, quelque chose comme mille cinq cents euros la mission, vraiment cool, non ? Si tu veux, file-moi ton CV, et moi je te recommande sans problème, je te dois bien ça. »

Alors là, ma grande, à ce prix-là tu redeviens subitement assez supportable. Je sais, je sais, autant d'argent pour apporter des bijoux chez un photographe et revenir chez le bijoutier, tout ça dans une petite après-midi, j'aurais dû me méfier. Et puis si c'était si « cool » que ça, ce job, pourquoi elle ne le faisait pas elle-même, la Camille… Ah oui, j'oubliais, elle est insoluble dans la masse, elle. Et puis en fait, elle travaille aussi dans la bijouterie, donc question discrétion, c'est un peu naze. Tant pis pour mon orgueil, adieu ma vanité, cette fois, c'est décidé, je refais mon CV !

Chapitre 11

François (cinq ans)

Je suis un enfant très blond, bien habillé, souriant et seul. Je regarde autour de moi, j'observe le monde, les feuilles qui jonchent le sol du parc, les nounous qui parlent entre elles et qui jettent de temps en temps des regards parfois amusés, rarement tendres, souvent exaspérés sur les enfants dont elles ont la charge. Moi, je n'ai pas de nounou, je n'en ai plus. Ma mère a arrêté de travailler pour s'occuper de moi à plein temps. De toute façon, son travail ne l'intéressait pas. Comme mon père a été nommé directeur de l'une des plus grosses agences de la banque, elle peut se permettre de s'occuper de moi. Je suis son premier enfant, elle a pourtant quarante-quatre ans.

Ils s'étaient fait à l'idée de ne pas en avoir. Ils avaient réfléchi, longtemps, longuement, ils avaient même pensé à adopter. Mais elle avait entendu tant de choses terribles sur l'adoption. Les enfants adoptés vous rejettent tous un jour ou l'autre. Ils finissent par vous détester parce que, après tout, c'est quand même votre faute s'ils ne connaissent pas leurs géniteurs. Ils sont persuadés que leurs parents, les vrais, n'auraient jamais interdit cela, ou fait ceci… Bref, un véritable enfer. À cette époque-là, une amie de maman avait un enfant qu'elle avait adopté dix ans plus tôt. Cette gamine avait alors seize ans, elle s'appelait Fanny, je l'avais vue quelques fois. Eh bien, c'était une vraie catastrophe. Fugue, drogue, elle n'avait rien épargné à celle qu'elle n'appelait plus que par son prénom. Celle qui l'avait élevée comme une mère mais qui n'entendrait plus jamais le mot « maman » prononcé par cette fille. Alors ma mère avait résisté et puis le jour où elle et papa s'étaient tout de même décidés à déposer un dossier d'adoption, ils étaient sortis tous les deux. Papa l'avait emmenée dans un très bon restaurant et en rentrant, ils étaient heureux.

Trois semaines plus tard, maman était enceinte. Ils n'en revenaient pas, son médecin non plus d'ailleurs bien qu'il n'en laissât rien paraître. Il avait dit que les traitements avaient enfin agi, que ça arrivait parfois. Il n'y avait pas de magazines de psychologie en 1971, encore moins d'émissions de télé sur les mystères de la conception en général ou sur l'impact du moral de la mère en particulier. Mais elle savait intimement que c'était parce qu'ils avaient déposé ce fichu dossier d'adoption qu'elle était enfin tombée enceinte. Elle ne voulait pas d'un enfant adopté, c'est sûr, mais papa avait tant insisté qu'elle n'avait pas pu refuser. On ne divorçait pas si facilement que ça au début des années 1970, et puis elle l'aimait quand même. Et maintenant, je suis là, avec elle, dans le parc. Maman me regarde, elle peut passer des heures à le faire, elle qui n'a pourtant rien d'une contemplative. Mais je suis un enfant inespéré, je suis devenu le centre de gravité de sa nouvelle vie, tardive, de mère inattendue. Elle me couve trop, elle me gâte et elle en a parfaitement conscience. Papa lui dit tout le temps la même chose : « Arrête de lui acheter tout ce qu'il veut, tu vas en faire un enfant capricieux et peut-être même un adulte insatisfait… » Bon, c'est vrai, elle s'en rend bien compte mais après tout, si j'ai eu la chance de naître dans un foyer aisé, ce n'est pas pour qu'on m'élève comme un pauvre. Papa l'énerve parfois, il est tellement… donneur de leçons.

Elle a les yeux rivés sur moi alors que je scrute avec attention une bande de moineaux qui se battent autour d'un quignon de pain. Elle les regarde aussi, pendant quelques instants. Un des oiseaux semble malade, il ne vole pas et arrive à peine à se déplacer. Paris et sa pollution, pense-t-elle aussitôt, les animaux deviennent malades, bientôt ce sera le tour des enfants. Il faut qu'elle en parle à Yves, qu'ils quittent Paris, l'air devient irrespirable. Elle se met aussitôt à imaginer de quelle manière elle pourrait bien convaincre son mari.

J'aime bien observer les oiseaux, ça m'amuse de les voir se battre pour des miettes de pain ou pour des choses minuscules que je ne distingue même pas. Parfois l'un d'entre eux s'attaque à un autre, comme ça, pour rien. Quand j'allais à la campagne avec mes parents, il y avait plein d'animaux. J'avais le droit de jouer avec Claude, le fils du paysan. Nous faisions le tour de la ferme et Claude me montrait une multitude de choses incroyables et terribles. Une fois, j'avais vu son père abattre un chien qui avait la rage. Il avait pris un fusil, et puis il avait tiré sur l'animal, qui était tombé, comme ça, sans faire de bruit. Du sang avait coulé, mais Claude m'avait précisé que le chien n'avait rien senti parce que avec un fusil, tout allait bien trop vite pour qu'il ait vraiment mal. Je me souviens que j'étais un peu triste parce que je connaissais ce chien, c'était celui de sa mère. J'avais beaucoup joué avec lui l'année d'avant. Il me rapportait inlassablement la balle que je lui lançais pour que je la relance, encore et encore. De toute façon, dans cette ferme, ils avaient toute une meute de chiens et les femelles faisaient des petits avec un bel enthousiasme. Alors un de plus, un de moins…

Un oiseau du parc s'est arrêté de bouger. Il reste au sol, mais je vois que ses yeux bougent encore et qu'il respire. Je m'avance vers le petit animal et je tends la main vers lui. C'est la première fois que je réussis à m'approcher aussi près. D'habitude les oiseaux s'envolent dès que j'arrive à moins d'un mètre. Mais là, il me regarde, il doit avoir peur. Pourtant, lorsque je me saisis de lui, il ne bouge pas. Je n'en reviens pas : je tiens cet oiseau dans ma main, et je sens le cœur de l'animal battre très fort entre mes doigts. Mon cœur bat lui aussi très fort, je n'ose pas trop le serrer mais, en même temps, je ne veux surtout pas qu'il s'échappe. C'est un exercice délicat pour un enfant de cinq ans. Avec précaution, j'arrive à me relever, et je me dirige à petits pas prudents vers ma mère pour lui montrer ma découverte. Je m'approche d'elle et je l'appelle doucement.

— Maman, maman, regarde, j'ai attrapé l'oiseau.

Ma mère se tourne vers moi, elle ne comprend pas et s'apprête à me dire quelque chose quand son regard se dirige enfin sur moi. Son visage se décompose, elle porte ses mains à sa bouche puis pousse un cri. Je suis tellement surpris que je lâche l'oiseau qui tombe sur le sol. Ma mère se précipite vers moi, elle sort un mouchoir de son sac et me frotte frénétiquement les mains tout en gémissant. J'entends des choses terribles sur des maladies épouvantables, et je me rends compte alors que j'ai dû faire une énorme bêtise, quelque chose de très dangereux, de très, très grave. Ma mère pleure à cause de cet oiseau de malheur. Je ne sais pas quoi faire, je tente de m'excuser, je répète que je ne recommencerai pas mais cela ne semble pas l'apaiser. Alors, juste avant qu'elle ne m'entraîne vers l'appartement pour me nettoyer des pieds à la tête, je lui échappe et me précipite vers l'oiseau qui gît sur le sol. Il me regarde, je vois ses petits yeux qui clignent, son bec qui s'ouvre et qui se ferme très vite. Alors je m'approche, furieux, exaspéré par ce petit animal. À cause de lui, ma mère m'abreuve de cris, de hurlements, à cause de lui, je vais être malade, peut-être même vais-je mourir. Je ne veux plus que cet oiseau me regarde, je prends un bâton par terre, je le lève très haut. Je ne veux plus voir les petits yeux noirs. J'abats le morceau de bois, une fois, deux fois, trois fois. L'oiseau ne me regarde plus. Je lâche le bâton et cours vers ma mère en pleurant. Je sais bien, maintenant que ma colère est passée, que ce que j'ai fait est mal. Mais ma mère ne me dit rien, elle m'a pourtant vu abattre à plusieurs reprises le morceau de bois, mais elle ne me dit rien. Elle n'a même pas un regard pour l'amas de plumes et de sang qui gît sur le sol. Elle me prend par la main et m'entraîne loin du parc. De toute façon, elle ne me dit jamais rien, sauf quand elle estime que je me mets en danger. En fait elle me gronde rarement, sauf quand elle a peur. Et elle n'avait peur que pour moi, uniquement pour moi ; le reste, les autres, tout cela n'avait jamais eu beaucoup d'importance pour une maman de quarante-cinq ans qui n'avait eu qu'un seul enfant, bien tardivement, au début des années 1970.

Chapitre 12

Marc

On va mettre en place un dispositif très léger. Pas la peine de sortir la grosse artillerie. On attend juste qu'ils serrent la fille et le garde du corps, et on les coince dans leur bagnole. Un vrai flag, une belle petite souricière, le quartier est parfait pour ça. Après cette affaire, ils risquent de rester assez longtemps au calme, nos petits amis de la cambriole, bien abrités du vent par de beaux grands murs.

J'ai réuni une petite équipe et tout le monde est briefé. On ne sera que trois sur le coup plus un fourgon, au cas où. Je me méfie un peu de Momo quand même, c'est un mauvais, ce type, mauvais mais pas con. Quand il verra que tout est mort, il laissera tomber. Pareil pour François. Dommage pour lui d'ailleurs, il va retourner trop vite en cabane. Quant au troisième, Ben, on ne le connaît pas bien. Une petite frappe des cités qui veut prendre du galon. Je me suis fait transmettre son dossier par la BAC. Deals, vols avec violence, rien de bien grave ; enfin, rien de très grave sur l'échelle de la violence urbaine ordinaire. Au moment même où il verra trois flics en civil le braquer avec des flingues, il va lâcher l'affaire, lui aussi. Pas par lucidité, juste par peur.

C'est pour après-demain, en début d'après-midi. La fille sort à 14 heures de la boutique. On a demandé au bijoutier de faire comme d'habitude et de n'informer personne. Surtout pas le garde du corps ni, bien évidemment, la fille. On n'a pas envie qu'ils paniquent et qu'ils nous grillent. Il a un peu tiqué, le bijoutier, il était assez drôle. Il a commencé à parler d'assurance, à me dire que si ça tournait mal et que si son assureur apprenait qu'il était au courant, tout ça, il ne serait jamais remboursé.

« Comprenez-moi bien, lieutenant Crumley, c'est un risque que je ne peux pas courir, nous parlons tout de même de plus de quinze millions d'euros de bijoux. »

Et là, je lui ai asséné ma botte secrète, un truc de fou auquel il n'avait apparemment pas pensé. C'est incroyable comme les gens intelligents perdent parfois toute forme de lucidité et de discernement dans des situations un peu extraordinaires.

« Oui mais, en fait, voyez-vous, cher monsieur, nous n'allons pas mettre les vrais bijoux dans le sac. Je suis certain que vous disposez de copies qui conviendront parfaitement. Et puis, comptez sur nous pour faire preuve de la plus grande discrétion quant à votre concours dans cette affaire. »

Il m'a regardé fixement, puis son visage s'est soudain éclairé.

« Oui, oui, bien entendu nous mettrons des copies dans le sac, évidemment. Comment n'y ai-je pas pensé ? »

Il a eu l'air mieux tout à coup, mon bijoutier, ça faisait plaisir à voir un bon gros soulagement comme ça. Il a respiré, s'est détendu, et m'a posé des questions. Je ne lui ai rien dit de précis, je lui ai juste promis un dénouement rapide, efficace et sans bavure… Quelle prétention !

Maintenant que je suis face à ce gâchis épouvantable, je me demande à quel moment on a merdé. En fait, je pense qu'on a merdé dès le début et que c'est en grande partie de ma faute.

Chapitre 13

Emma

Ce soir, je suis à une soirée avec les gens de la fac. Il paraît même qu'il y aura des profs ! Très fort, la soirée avec des profs. En fait, il s'agit toujours des mêmes chargés de TD, éternels thésards, boursiers sans fin, boursiers sans fonds, toujours doctorants jamais docteurs.

C'est une pauvre soirée. Il y a un garçon bien, il est beau, très beau et très souriant, et il ne discute pas avec moi. L'éphèbe sourit à une jeune femme blonde, diaphane et éthérée. Sûrement la petite sœur de Camille ; la plaie, quoi ! Pour ma part je suis entreprise par une vague connaissance tout auréolée de son récent statut de chargé de TD, encore un. Une sorte de petit mec, uniquement mû par de solides pulsions trop longtemps refoulées et qui se la joue grave avec des phrases importantes et définitives.

— Tu sais, en tant que chargé de TD, je m'aperçois que l'impact pédagogique n'est pas tant dans le sens ni dans le contenu que dans le phrasé. La sonorité d'un cours, voilà, c'est ça qui lui donne toute son importance, toute sa force…

Blablabla… Cause toujours, mon bonhomme, parle, gonfle-toi d'importance. Le râteau que tu vas te prendre si jamais tu tentes quoi que ce soit n'en sera que plus cuisant. Tu te dégonfleras comme un soufflé trop tôt sorti du four brûlant de ta formidable vacuité. En vertu d'une bonté incompréhensible, je ne te laisserai pas en arriver là. Je mets fin à notre passionnante discussion en prétextant une impérieuse envie uro-génitale. Je m'éloigne un peu, il a déjà recommencé son laborieux monologue avec une autre.

Deuxième jeune homme. Lui non plus, je ne le connais pas vraiment, j'ai juste dû le croiser à la fac une fois ou deux. Je n'ai pas vraiment envie de le connaître davantage, quand soudain il m'interpelle.

— Tu savais que le PIB des Hauts-de-Seine est trois fois plus élevé que celui de l'Ouganda ?

Ah non, je ne savais pas. Remarque, je ne suis pas hyper certaine que cette information me bouleverse vraiment.

— Non, je dis ça parce que l'autre jour on parlait du financement des retraites, de la capitalisation, des fonds de pensions, de la crise, tout ça… Et que forcément quand on met tout ça en perspective, on s'aperçoit que tout est hyper relatif, quoi, non ?

Je ne sais pas où il veut en venir. Je ne vais même pas essayer de le suivre sur les sentiers tortueux et visiblement très alcoolisés de la pente abrupte qu'il tente de gravir. Il y a, je n'en doute pas, au bout de ce parcours laborieux, une idée forte et lumineuse qui lui assurera le prix Nobel d'économie, mais ça ne sera pas pour ce soir. Comme personne d'autre ne semble vouloir m'adresser la parole, j'ai soudain envie de lui parler de ma mission secrète de convoyage de bijoux ! Pour une fois que j'ai quelque chose à raconter qui sort vraiment de l'ordinaire.

— Écoute, je vais faire un truc incroyable. Je dois transporter des bijoux pour les faire photographier. C'est la nouvelle collection d'un grand bijoutier parisien. Juste comme ça, dans un sac, c'est incroyable non ?

Il me regarde avec des yeux de tanche et lorsqu'il a enfin décodé tous les mots, il s'anime un peu.

— Ah oui, le truc de l'étudiante, genre je me la joue discret. Ni vu ni connu je trimballe une fortune dans mon sac et personne n'y voit rien… Ouais, ouais, je connais.

Comment ça, tu connais, tu te fous de ma gueule ? C'est censé être super confidentiel. C'est pour ça que je ne dois pas en parler… À personne.

— Je serais juste un peu curieuse de savoir comment tu connais ce plan, parce que c'est censé être plutôt… secret, tu vois.

Nouveau regard de tanche mais cette fois, il réagit plus vite.

— J'étais en Erasmus l'année dernière, en Italie, et une nana s'est fait braquer là-bas. La presse en a parlé. C'était le même système, ouais, le même système, mais les braqueurs, là, ils étaient au courant. Je m'en souviens bien, c'est arrivé à Florence.

Il me scie, ce mec.

— Tu te rappelles même le prénom de la nana ?! Allez, ça va, je suis certaine que tu me flûtes, là !

Ce coup-là, il me regarde encore plus bizarrement. Ce n'est plus une tanche, plutôt un hibou ou un truc comme ça.

— Heu… non… Je veux dire Florence, la ville de Florence… Comme Rome, tu vois.

Une grosse honte, énorme, dense, lourde et poisseuse me submerge tout à coup. Je sens que je rougis, qu'il faudrait que je dise quelque chose, mais j'ai bien trop peur de m'enfoncer. En général, dans ces cas-là, on sombre encore plus et on termine deux mètres sous terre. C'est comme l'histoire du type qui en croise un autre qui vient de perdre son père. Il le sait pourtant, mais j'ignore pourquoi, il lui dit juste : « Alors ça va… Et ton père ?… » Et là, au lieu de s'excuser ou de s'enfuir, il ajoute : « Toujours mort ?… » Peu importe si l'histoire est vraie mais ce soir, je me sens parfaitement capable de faire pire. Donc je préfère tourner les talons et m'enfuir.

De toute façon, il est tard et demain je me lève tôt. J'ai une grosse journée. Mon dernier entretien pour mon job mortel-super-bien-payé-mais-pas-si-tranquille-que-ça, apparemment. En quittant l'appartement, j'ai, pour le jeune top model qui m'a superbement ignorée pendant toute la soirée, un dernier regard qui se veut glaçant et qui signifie en substance qu'il n'a pas su saisir sa chance… Bon, il s'en fout car il a les yeux noyés alternativement dans le sourire, le décolleté et les dents de son insupportable naïade. Pas de regret, rideau et au dodo.

Chapitre 14

François

Un avant-goût de la grande vie, ce soir. Un resto très étoilé, la tournée des boîtes, les billets de cinq cents, les sourires entendus, l'amitié virile. Momo me présente le troisième type. J'ai l'impression de l'avoir déjà vu mais ça ne veut rien dire. Ils se ressemblent tous.

Une petite frappe d'une vingtaine d'années qui croit que le monde est à lui. Je pourrais lui dire qu'il est encore temps de laisser tomber, qu'il ferait mieux de retourner voler des bagnoles et vendre un peu de came pour frimer le week-end devant ses potes. À quoi bon ? Il veut passer à la vitesse supérieure, revenir dans son quartier et se laisser griser par les regards envieux de ses anciens camarades de jeu. Bienvenue, mon gars, bienvenue dans le monde des emmerdements maximums. Amuse-toi et profites-en bien, parce que ça ne durera pas. Pourtant, au lieu de me lever et de lui dire de se tirer, je joue mon rôle. Le truand de cinéma dans toute sa misérable splendeur.

— Alors, Ben, on veut jouer dans la cour des grands ? T'en as marre de faire le dur dans ta cité, c'est ça ? Mais tu sais, là on n'est plus dans l'arrachage de sacs et le deal de shit à la petite semaine. On n'est plus dans les caves pourries de ton immeuble. Ça peut mal tourner sur ce coup, comme sur tous ceux de ce genre. Et tu as bien conscience que cette fois c'est plus de la correctionnelle, c'est le grand jeu. Tu es certain que tu es prêt, que c'est de ça dont tu as envie ?

Il me regarde avec un air arrogant, pétri de certitudes, une attitude imbécile et bravache qui ne le quittera plus jusqu'à la fin, jusqu'à son dernier souffle.

— Qu'est-ce que tu me prends la tête ! Tu crois que je suis pas prêt ! Mais moi, je les emmerde, les keufs, les juges et tout… Tu crois que la vie, elle est belle dans ma cité, que les petits frères, ils sont pas largement aussi déglingués que vous, là, les gros caïds de Paname ! J'ai un gun, man, et je vais te dire, s'il faut, je m'en sers !

Je regarde soudain Momo qui se marre comme un bossu, j'espère qu'il peut lire dans mes yeux tout le mépris que je lui voue à cet instant. Colère et mépris pour nous avoir dégotté un tel spécimen. C'est tout à fait le genre incontrôlable, son Ben, le genre à faire n'importe quoi. Capable de partir en vrille et de commettre l'irréparable au moindre pépin.

— Allez, François, détends-toi un peu, il est bien ce petit, je te le garantis à cent pour cent. Ça va le faire, François, ça va glisser.

La seule chose que je sens glisser, Momo, pour le moment, c'est ma conditionnelle. Je regarde à nouveau

Ben. Passé sa petite sortie sur les cités, je lis de l'admiration ou plutôt de l'envie chez ce jeune type, le désir de nous ressembler. Le pire, c'est que j'en suis presque flatté. Tu veux me ressembler, Ben ? C'est facile, enferme-toi dix ans dans ta cave. Mais ça, tu n'y songes pas encore. Tu ne penses qu'au reste, à la grande vie. Ce sont les autres qui se font prendre, pas vrai ? Toi, tu es plus malin, les flics te font marrer. Bien sûr, tu t'es déjà fait arrêter, tu connais les salles d'audience et le ballet des robes dans le tribunal. Policiers, avocats commis d'office, juges, procureur, pour toi c'est un jeu, tout ça. Et tu crois que ça n'est pas dangereux. Six mois de prison, un an, c'est comme des vacances, dont tu reviens tout auréolé d'une gloriole de petite frappe et qui t'offrent un peu plus de respect dans ton quartier. Avec toutes les conneries que tu as faites, tu es persuadé que le jeu en vaut la chandelle.

Alors viens, tu vas apprendre de nouvelles règles. Finis les flagrants délits pour des broutilles. Tu vas connaître la traque, tout un commissariat, peut-être deux, trois, rien que pour toi. Et les assises, mon grand… Ça va te plaire, ça, les assises. Les acteurs sont plus nombreux et en général bien meilleurs. Un beau jury qui va se pencher sur ton cas. Avec un peu de chance, les médias vont même t'offrir ton quart d'heure de célébrité. Par contre, la fin du show risque de te décevoir. On retombe vite dans l'anonymat et pour très, très longtemps. Remarque, rien ne t'empêche de tenter un come-back… C'est exactement ce que je suis en train de faire.

Il est 3 heures du matin, le petit a l'air un peu saoul et excité. Il tripote avec application une vague danseuse qui ne quitte pas Momo des yeux. Un Momo très occupé par deux autres hôtesses du bar de « lap dance » dans lequel nous avons finalement atterri tout à l'heure. Nous sommes dans un salon privé. La séance de danse s'est assez vite transformée en simple prostitution. Je suis fatigué, contrarié, inquiet tandis que mes deux compères commencent à me porter sur les nerfs. Je peux encore rentrer chez moi, me coucher et continuer demain mon job de manutentionnaire. Pousser des caisses et des chariots dans les allées froides de la grande surface qui a bien voulu ne pas trop rentrer dans les détails et les anomalies de mon CV acrobatique. C'est assez tentant, mais c'est trop tard.

Je me penche vers Momo, écarte avec délicatesse une des deux filles, la moins occupée, et lui souffle dans l'oreille :

— Si nous ne sommes pas partis dans trois minutes, tu te trouveras un autre chauffeur. Demain on a des choses à préparer. Je ne veux pas d'improvisation, surtout pas avec ton phénomène, là !

Il me regarde avec irritation, souffle ostensiblement, fait un signe aux filles qui quittent le salon en empochant au passage les billets qu'il leur lâche.

— Allez, petit, on va se coucher. Après-demain c'est le grand jour et notre chauffeur veut être en forme. C'est qu'il est très à cheval sur l'hygiène de vie, hein ? Oublie pas, François, quand tu seras au volant de la caisse : toutes les deux heures la pause s'impose, hein !

Il ricane benoîtement de sa misérable blague, et son rire s'étouffe aussitôt dans une quinte de toux rauque.

Le petit, par pur mimétisme, rigole aussi et se lève en titubant après avoir fini cul sec son dernier verre. C'est une bonne grosse paire de boulets que je me trimballe là, un beau duo d'emmerdements, une vraie promesse de dérapages… À coup sûr… C'est triste à pleurer… Tant pis, j'y vais quand même, on verra bien…

Chapitre 15

Emma

Ça y est, nous sommes en plein dedans, et là c'est du sérieux. Heureusement que je suis rentrée tôt hier soir parce que en face de moi, c'est du lourd. On n'est pas là pour rigoler. Il y a deux types. Le premier doit être la façade commerciale de Safe Corp, la compagnie à laquelle le bijoutier a bien voulu confier le convoyage « anonyme » de ses précieux bijoux. Il est très chic, le commercial, avenant, bronzé ; on dirait le mari de Barbie. Il me sourit d'abord puis lâche, d'un ton solennel :

— Vous le savez, mademoiselle, si vous êtes ici aujourd'hui, c'est que nous avons déjà placé en vous beaucoup de confiance… Toute notre confiance.

Silence, regard hypnotique et lourd de sens. J'ai du mal à garder mon sérieux mais il y a une chose que j'ai bien comprise. Si je veux ce job, j'ai intérêt à m'asseoir un peu sur mon humour irrésistible et sur les répliques foireuses qui me brûlent les lèvres. Donc, je me tais et j'écoute avec application. J'écoute Ken le magnifique avec tout l'enthousiasme né de la perspective de gagner ces merveilleux mille cinq cents euros.

— Je sais que vous ne trahirez pas notre confiance. Nous sommes juste ici pour vous expliquer en détail notre… (Il marque une pause.) Notre opération.

Quand il prononce le dernier mot, j'ai un peu l'impression d'être au milieu d'un conseil secret de généraux de l'armée américaine, juste avant l'invasion d'un pays ennemi. Mais ce n'est pas très grave, parce que en fait je ne suis pas vraiment dans leur délire. Je prends de la distance, ce qui, paradoxalement, m'aide à avoir l'air concentrée. En fait, j'ai juste besoin de cet argent, alors s'ils veulent se la jouer « Tempête du désert », je veux bien être leur GI Jane.

Mais le beau commercial laisse bientôt place à la force brute. Un gorille d'environ deux mètres, improbable Shrek en costard gris, occupe maintenant le devant de la scène. Il s'emploie avec conviction à m'inculquer les principes de base de ce qu'il me faut désormais appeler sans rire « l'Opération ».

Phrases courtes, messages simples.

— Tu es une étudiante. Tu rentres chez toi. Tu n'es pas pressée. Tu ne regardes pas derrière toi toutes les cinq minutes. Tu ne cours jamais. Tu ne parles pas aux gens, sauf si on t'adresse la parole, mais dans ce cas-là, tu écourtes… Compris, la dernière phrase ?

Silence, je hoche la tête avec application.

— OK, on continue. Tu as un écouteur relié directement à moi. Je suis derrière toi en permanence. Tu ne me vois pas. Tu ne me connais pas. Tu obéis à tout ce que je dis. Par exemple si je dis : « Couché ! », tu te couches. Compris ?

Silence, nouveau hochement de tête.

— OK, on continue. Tu arrives chez le photographe. Tu donnes les bijoux. Tu attends. Tu reprends les bijoux. Tu reviens ici. Mêmes consignes qu'à l'aller. OK ? Détendue, et tout se passe bien. Questions ?

Je ne sais pas vraiment si j'ai le droit d'en poser. Il est possible que mon colosse interprète ça comme un motif de réforme. J'ose tout de même d'une petite voix :

— Je crois que j'ai compris.

— Faut pas croire, faut être sûr ! aboie l'instructeur.

Le splendide Ken vient à mon secours.

— Doucement. Je pense qu'elle a parfaitement compris, n'est-ce pas, Emma ?

Oui, merci. C'est plutôt simple. Je ne sais pas pourquoi mais il me semble que personne n'a intégré le fait que je suis parfaitement normale. J'ai bien saisi que je ne dois pas me mettre à danser en enlevant mes vêtements aussitôt sortie de la bijouterie. Que je ne dois pas commencer à faire la dingo avec quinze petits millions d'euros dans mon joli sac à dos.

Finalement, je parviens à les convaincre. Ils me donnent rendez-vous demain, à 14 heures, à la bijouterie, place Vendôme. Je dois passer par-derrière, on me fournit même un mot de passe, comme dans les films. C'est assez excitant, sauf le code, qui est minable : « Haricot »... Enfin ! on fera avec. Après tout c'est ma première mission. Qui sait, les mots de passe seront peut-être de plus en plus cool ? J'ai dû tomber en fin de liste. Peu importe, je me sens prête, enthousiaste et motivée. Je vais les convoyer, moi, les bijoux, pas de problème.

C'est au moment où je quitte le bureau que Ken me prend par le bras et, avec un dernier regard hyper profond, me souffle :

— Emma, c'est du sérieux, nous comptons sur vous. Faites preuve de sang-froid, quoi qu'il arrive. Allez, à demain, reposez-vous et ce soir, pas de sortie, demain vous devrez être forte…

Je l'aime bien, mais il est un peu navrant, mon Ken. J'étais presque zen, moi, et voilà qu'il me met la pression avec cette petite phrase qui va pourtant m'accompagner constamment dans les prochaines vingt-quatre heures. C'est peut-être même grâce à elle que je vais tenir le coup. Je ne sais pas comment j'ai fait, d'ailleurs, comment je n'ai pas sombré. Alors pourquoi pas grâce à l'improbable petite phrase d'encouragement de Ken ?

Chapitre 16

François

— OK, on se refait tout une dernière fois… Ben ! Par pitié, tu veux bien arrêter de jouer avec ce flingue ! Au mieux tu te fous une balle dans le pied, au pire tu me butes. Alors, s'il te plaît, range ce pétard !

On est dans l'appartement de Momo depuis la fin de matinée. Ils ont émergé tous les deux vers 11 heures, et j'ai dû faire un café très fort pour les rendre à peu près opérationnels. Bon, c'est vrai, j'avoue que l'affaire a l'air de plutôt bien se présenter. Je ne sais pas comment il a eu les infos, mais tout est là : heure de sortie de la fille, liste des bijoux, itinéraire. On a même l'identité du garde du corps qui va suivre la minette. Il s'appelle Joe. C'est bien un nom de garde du corps. Sur un grand plan de Paris et de la banlieue affiché sur le mur du salon, sont tracés en rouge les itinéraires de tout ce petit monde. Enfin, on a réglé le timing…

— Vous savez ce que vous avez à faire. Momo, tu gères le garde du corps pendant que toi, Ben, tu t'occupes de la nana. Il faut que vous soyez vraiment au point tous les deux, vraiment synchro. Vous devrez les faire entrer au même moment dans la voiture. Je vous attendrai dans la caisse, rue Cambon ; c'est à dix minutes à pied de la bijouterie. Ça vous laisse juste le temps de les serrer. Et tout ça, sans heurt, sans cri et sans violence... J'insiste bien sur ce dernier point.

C'est Momo qui réagit le premier.

— C'est bon, François, c'est bon... Laisse-nous gérer ça et t'inquiète pas, tu les auras tous les deux dans la bagnole dix minutes après qu'ils auront quitté la bijouterie. Concentre-toi plutôt sur le trajet. De Paris on trace vers Cergy, puis direction la pampa, en plein milieu du Vexin. On les largue tous les deux dans la vieille baraque. Faudra qu'on les attache, mais sans violence, rassure-toi. On fera prévenir les flics pour qu'ils aillent les récupérer. Et pour nous, c'est simple, une fois là-bas on change de bagnole et on file à la fourgue, on prend le pognon et *ciao* tout le monde !

Reste le problème de la bagnole, justement. Ben doit la piquer cette nuit et on n'est pas tout à fait d'accord sur le modèle. J'ai beau lui dire qu'un vendredi après-midi, en plein Paris, une petite berline maniable et un peu agile nous permettrait d'être plus discrets et efficaces. Mais lui bien sûr, la testostérone en ébullition et les neurones au point mort, il veut piquer une grosse Mercedes ou, à la rigueur une BMW, mais attention, une série 7 hein, pas moins.

— Bien sûr, Ben, et lorsque tu vas traverser un village avec ta bagnole à cinquante plaques, tu crois vraiment que ça va passer inaperçu, que personne ne va se souvenir d'avoir vu une caisse de luxe s'arrêter devant une vieille bicoque pourrie… ? Dans le quart d'heure, tous les gendarmes du département seront au courant.

Il me jette un coup d'œil arrogant avec ce petit air rebelle et agressif qui fait de lui, définitivement, une belle tête à claques. Il ajoute pourtant :

— Ah ouais, et si ça se met à chauffer un peu, à puer grave, même ? Si jamais on doit mettre un vieux coup de bourre, bousculer des bagnoles, tracer les keufs, tu vois ? Tu veux le faire avec quoi ? Un Kangoo ? Tu délires, vieux ! On n'est pas chez Mickey.

Heureusement, Momo s'en mêle à l'instant même où, malgré le flingue du petit, je m'apprête à insister lourdement pour le convaincre de la pertinence de mon choix.

— Allez, les enfants, on se calme, fin de la récréation ! On va pouvoir trouver un compromis, pas vrai, Ben ? Tu nous dégottes une caisse pas trop voyante mais suffisamment puissante et résistante en cas de pépin. François, ça te va comme ça ? Et puis, vous allez pas commencer à vous embrouiller maintenant… Ni demain, d'ailleurs. Je préférerais pas être obligé d'arbitrer vos petits conflits merdiques dans la bagnole, genre papa emmène les enfants en vacances. Surtout avec les deux otages dans la caisse.

Je tique un peu, plus exactement je tique beaucoup sur le terme qu'il vient d'utiliser.

— De quoi tu parles exactement ? C'est qui ces « otages » ? Attention, Momo, il n'a jamais été question d'utiliser la fille et le garde du corps comme monnaie d'échange. On les laisse comme convenu dans la baraque, pas de blague !

Il me fixe à nouveau avec ce regard torve que je déteste tant, et je sens plus que je ne vois, le petit se réjouir de la discussion à venir.

— Oui, mais c'est le terme générique, tu vois. Jusqu'au moment où on les laisse dans la maison, ils sont un peu des otages, non ?

Momo qui fait de la sémantique, c'est assez bluffant. Je ne trouve rien à redire à son argumentation, même si le terme continue à me gêner. Il est tard maintenant, mais il me reste un dernier point à régler avec eux.

— Quand on sort de la fourgue, on fait le partage directement, Momo. Je veux un tiers du fric et après tu m'oublies. C'est mon dernier coup, tu vois, alors je vous propose un truc simple. On s'oublie tous, les gars. C'est aussi valable pour toi, Ben. Je te promets pour ma part de faire le maximum pour ne plus jamais me souvenir de toi, ce qui ne devrait pas être simple compte tenu de… disons… de ta personnalité si attachante…

Il ne comprend pas l'ironie. De toute façon, il n'a retenu qu'une seule chose de mon petit laïus et il aboie aussitôt :

— C'est quoi cette embrouille-là ! Pourquoi il prendrait un tiers du pognon, l'autre chauffeur de mes deux là ! Il a rien amené, rien fait. Sans nous, jamais il aurait eu les infos. Sans nous il pousserait des palettes pour que dalle et il se prendrait des râteaux avec des grosses caissières. Et puis comme ça, tranquille, ce guignol il veut un tiers ! J'suis pas d'accord, Momo, pas d'accord, mon gars, y a pas moyen !

Momo joue à nouveau les arbitres et j'aime assez la fermeté de son ton, une fermeté féroce qui n'échappe pas à Ben.

— Je ne te demande pas ton avis ! Sur cet aspect, c'est moi et moi seul qui décide qui touche quoi. Au passage je te rappelle que sans moi tu dealerais encore tes barrettes de shit coupées au cirage dans ton HLM de merde… OK, François, c'est bon, on le fait… selon tes conditions.

Ben se tait. Il a compris que ce point ne ferait plus l'objet de discussions. Pourtant son regard mauvais ne présage rien de bon. Bon, le petit merdeux a finalement gagné. Demain, c'est sûr, je prends un flingue. Je n'aime pas ça, mais cette petite vipère est bien capable d'essayer de m'enfler au dernier moment.

Le calme est maintenant revenu. On se donne les ultimes conseils, on s'encourage, on se salue et chacun rentre chez soi. Un dernier coup d'œil sur les déguisements avant de partir. Celui de Momo est une caricature, le mien est ridicule, quant à celui du jeune, il serait presque crédible… sur quelqu'un d'autre.

— Et déconnez pas, les gars, ce soir, on se couche tôt. Tout le monde doit être au top demain. Momo, je compte sur toi.

Il acquiesce vaguement, se tourne vers Ben, le doigt pointé sur lui, comme un père gronderait son enfant. Comme je m'apprête à quitter l'appartement, je les entends ricaner. Nous formons une belle équipe, non ? Bien soudée, bien unie par une confiance absolue, par la certitude de pouvoir compter les uns sur les autres… Je suis déjà parti sur des coups foireux, sur des braquages un peu bancals, la peur au ventre et la vigilance constante. Mais là, je me dis que je ne serai pas malheureux d'avoir des rétros demain dans la bagnole. Ils ne seront pas de trop pour surveiller mes sympathiques partenaires.

Chapitre 17

François (vingt-cinq ans)

Mes parents sont morts il y a quatre ans. Je m'en souviens précisément. Je n'avais pas été là du week-end. J'avais appris l'accident en rentrant le dimanche. La maison était vide, et il y avait juste un papier sur la table de la cuisine. D'habitude, maman me laissait des mots pour me dire qu'ils étaient sortis, qu'il y avait à manger dans le frigo, qu'ils ne rentreraient pas tard et qu'elle m'embrassait. Elle finissait toujours par m'embrasser, parfois tendrement… Là, j'avais tout de suite vu que ce n'était pas son écriture, ses petites pattes de mouches entortillées que j'avais appris à déchiffrer avec le temps. Il s'agissait d'un message bref, presque sec, écrit de la main stricte et précise d'un oncle que je voyais assez peu. Des mots froids et distants, presque comme des reproches.

« Où es-tu ? Tes parents ont eu un accident de voiture hier soir, c'est très grave. Rejoins-moi à la Pitié-Salpêtrière dès que tu as ce message.

Alain, dimanche 10 heures. »

D'après la date, il était revenu exprès pour me laisser le mot. Délicate attention pour un type qui, je le savais très bien, ne m'appréciait pas beaucoup.

J'avais foiré à peu près tout ce que j'avais commencé, et Dieu sait que j'avais débuté tout un tas de cursus universitaires et de formations, au gré de mes humeurs et des modes. Je les avais laissés tomber avec le même empressement que celui que j'avais montré à m'y inscrire. Droit, sociologie, histoire de l'art, école de dessin, de cuisine... J'avais tout survolé avec la même désinvolture et la même morgue. Papa m'avait trouvé un job dans la banque, mais je m'étais fait virer au bout de trois mois pour n'y avoir été présent que deux... Maman me pardonnait tout et entretenait ma flemme et mon arrogance en renflouant mon compte et en me donnant régulièrement de l'argent liquide. Bref, j'étais tout à fait détestable aux yeux d'Alain, le frère de papa, tous deux gros travailleurs devant l'Éternel. Il me trouvait tout simplement odieux. Sans doute n'avait-il pas complètement tort, mais j'affichais une réelle et sincère indifférence pour les jugements qu'il portait sur moi, comme pour tous ceux qui s'essayaient à l'exercice, d'ailleurs.

Quand j'étais arrivé à l'hôpital, on m'avait annoncé qu'ils étaient morts tous les deux. Je crois qu'ils sont morts sur le coup. La voiture avait pris feu immédiatement après qu'un camion les avait percutés. Le chauffeur, sobre, mais ivre de fatigue, était pressé de rentrer chez lui ce samedi soir-là pour retrouver sa famille après une semaine sur les routes. Il était passé un tout petit peu après que l'orange avait cédé la place au rouge. Il y avait eu un procès, auquel je ne m'étais même pas déplacé. Un avocat de la banque avait tout réglé, un notaire avait fait le reste. Un jour, j'étais allé à son étude, et il m'avait expliqué que j'héritais de l'appartement à Paris, qu'il était payé et que je pouvais y rester. Il m'avait détaillé la situation financière de mes parents ; quelques petites dettes, de l'épargne, rien de faramineux, mais tout était à moi. J'avais rapidement vendu l'appartement, mal sans doute, et puis j'avais encaissé le chèque. Sur mon compte courant : un million trois cent mille francs. Le mois suivant, quand j'avais reçu mon premier relevé de compte, je m'étais dit qu'il allait falloir du temps pour que je sois à découvert. Le banquier m'appelait souvent, me proposant des placements ou des assurances-vie. Je l'entends encore me dire : « Mais enfin, vous ne pouvez pas laisser une telle somme sur votre compte courant, c'est ridicule, ça ne vous rapporte rien. » Oh si, monsieur le banquier, ça m'apportait, ça m'apportait même beaucoup et à double titre. Ça m'apportait d'abord la satisfaction de vous dire non, plusieurs fois par mois, ce qui n'avait pas de prix. Mais aussi celle d'ouvrir, chaque mois, le courrier de votre banque et d'y découvrir un solde créditeur.

Ma propension à la paresse avait été très largement encouragée par cet héritage, et je m'étais mis à tout flamber n'importe comment : une voiture de sport, des soirées imbéciles, des filles aussi, vagues mannequins, belles à en mourir et cyniques à en pleurer. Et puis je m'étais mis à jouer, dans des cercles privés de plus en plus glauques, misant de plus en plus gros. C'est là que je les avais rencontrés, tous. Maurice, Djamel, Lucien, Paul, René… C'est là aussi que je gagnais parfois, et que je perdais, le plus souvent. Un matin, j'avais ouvert l'enveloppe de la banque et vu qu'il ne me restait plus rien. Le banquier avait recommencé à me téléphoner, mais le ton avait changé. Alors, j'avais appelé les seuls que je connaissais vraiment. Ceux que je voyais depuis plus d'un an, deux soirs par semaine, dans des salles enfumées à l'atmosphère chargée d'amitiés viriles et de rires appuyés. J'avais contacté Maurice, je lui avais exposé la vérité nue, je lui avais dit que je n'avais plus d'argent et que j'étais prêt à tout faire pour en gagner, tout et n'importe quoi. Il s'était contenté de me répondre : « Tu as ton permis et du sang-froid, ça devrait suffire. » Et c'est comme ça que j'en étais arrivé là.

Là, c'était au volant de ce bolide, devant l'agence du Crédit Lyonnais. Là, c'était cette attente infernale avec le cœur qui battait à deux cents à l'heure, l'attente insupportable de mes complices. Attendre qu'ils se fassent l'agence, qu'ils piquent un maximum de fric en un minimum de temps. Des gens passaient devant moi, ne jetant qu'un vague coup d'œil à la puissante berline, sans plus s'y intéresser. S'ils m'avaient dévisagé, ils auraient pu lire sur mon visage la peur à l'état brut. Ils auraient vu un jeune type de vingt-cinq ans, la bouche tordue par l'angoisse, agrippant ses mains gantées sur son volant à s'en faire péter les jointures. Ils auraient vu un jeune homme de bonne famille qui se retenait de chialer comme un gosse, tant il était pétrifié par la peur…

Ils étaient arrivés en hurlant, puis claquant les portières, ils m'avaient gueulé : « Vas-y, putain, vas-y dégage, fonce, on se casse ! » Alors j'avais fait ce que je savais faire, j'avais roulé en souplesse, me glissant avec assurance et fermeté dans la circulation parisienne, et nous nous étions retrouvés en moins de vingt minutes dans une planque, aux portes de Paris. Les deux mecs étaient hilares et moi, je ne sentais plus rien. La peur ne m'avait pas encore totalement quitté, mais bientôt l'euphorie de mes complices m'avait gagné. Ils avaient sorti des billets de banque par poignées. De grosses coupures, obtenues si facilement. Tout semblait simple avec eux. Ils avaient partagé sur-le-champ, j'avais moins qu'eux mais ils m'avaient lâché quand même : « T'as assuré, bonhomme », et ils m'avaient filé une petite prime. J'avais de nouveau de l'argent, je ne voulais déjà plus rien faire d'autre, tout allait recommencer… Comme avant… Comme maintenant.

Chapitre 18

Ben

Je l'ai pas trop cru quand on m'a dit que le mec voulait vraiment me voir. On a tous à peu près le même parcours ici, on a tous fait les mêmes conneries dans la cité. Pourquoi il a voulu me rencontrer moi. Moi, Benjamin, Ben, en fait, parce que Benjamin, franchement, ça fait trop grave fils à sa mère. Un mec normal de la banlieue pourrie de Paris avec déjà sa fiche d'identité à la BAC. Un type un peu déjanté mais juste parce que la déjante, tu vois, c'est le seul moyen pour qu'on te respecte un peu ici. T'es bien obligé de faire des trucs de malade, des trucs de ouf, pour que les autres, ils sachent que tu peux péter les plombs, comme ça, juste pour un regard, un mot, une attitude. Et là, tu gagnes un peu de tranquillité, un peu de calme, le respect, en fait. En plus c'est vrai, faut dire que moi, je perds le contrôle de temps en temps. Mes frères, ils sont pas comme moi. Ils font des conneries bien sûr, mais ça reste normal. On fait tous des conneries, on a que ça à faire, en tout cas c'est le plus simple.

Et moi, je sais pas pourquoi, de temps en temps je sens la colère qui monte, je sens la rage, tu vois, j'ai plus qu'une seule idée, une seule envie : défoncer quelqu'un parce qu'il me chauffe trop, piquer une caisse parce qu'elle est trop top, remettre une meuf à sa place en lui collant une baffe s'il le faut parce qu'elle prend trop la confiance. Faire chier les flics aussi quand ils tournent dans la cité, aller piquer des fringues sans faire vraiment gaffe aux vendeurs, parce que t'es juste prêt à tout casser s'ils bronchent trop. Bref, un mec avec une grosse réputation de teigneux, qu'a pas peur et qui en veut plus, toujours plus. C'est peut-être pour ça qu'il a voulu me voir.

De toute façon, depuis que je suis môme, c'est comme ça. En plus, j'ai pas vraiment le physique de malade, tu vois, genre le mec quand il rentre quelque part, tu sais que tu vas pas aller le chercher parce que sinon il va te faire la misère et t'exploser la face. Moi, je suis pas très grand, pas très costaud, même si je fais de la muscu dans ma chambre. Alors je mise tout sur ma grande gueule et mon regard de taré. Bien sûr, j'ai pris des roustes, je me suis fait calciner par des mecs deux fois plus gros que moi, mais j'ai jamais lâché l'affaire. Il fallait limite qu'ils m'assomment pour que j'arrête de mordre. Ma mère, elle crisait de me voir revenir en morceaux à la maison. Elle me disait que c'était déjà assez dur la vie comme ça, avec mes feignants de frères et mon père qui faisait que picoler, pour pas avoir en plus un taré qui se battait avec tout le monde et qui arrêtait pas de se prendre des branlées. Mais bon, à force, plus personne ne me faisait chier et j'ai quand même un peu appris à me battre.

J'ai appris sur le tas en fait, le gros tas de gnons que j'ai pris dans la tête et qui m'a fait péter le nez et les arcades je sais plus combien de fois. Ce qui fait que j'ai un peu la tête chiffonnée mais ça plaît à certaines nanas et ça contribue à ma tranquillité. Mais bon, j'en ai ma claque des arnaques minables et des petits deals, je veux aller plus loin, moi, plus haut. Je l'ai dit à Djamel, plusieurs fois, que je voulais monter sur des gros coups, des vrais business, du sérieux. Et l'autre jour, il y a quoi… une semaine, il est venu me voir au foot, et à la fin du match, il m'a dit :

— Alors, Ben, tu veux toujours qu'on te branche sur un coup de grands ? Si tu veux, je connais un type qui cherche un mec comme toi pour un gros truc sur Paname. Si ça te branche, tu me dis et tu peux le voir demain. Mais attention, Ben, ces gars-là, ils rigolent pas.

Mais moi non plus, je rigole pas, mon gars. Alors je lui ai répondu que oui, bien sûr je voulais le voir, son mec. J'étais grave excité. Et le lendemain, je l'ai vu, il m'a dit qu'il s'appelait Maurice Bartozzi, comme si ça devait suffire. J'avais jamais entendu parler de ce mec mais j'ai fait comme s'il s'appelait Don Corleone. Respect total, tu vois, je l'ai joué vraiment cool avec du « monsieur », des signes de tête, des « oui » partout et des « bien sûr, je comprends » plein la bouche. Ça a dû lui plaire parce que aujourd'hui, je suis avec lui et l'autre gars, le chauffeur, François, et puis on parle du coup, on prépare le truc, c'est comme dans un film, tu vois.

Je me chauffe un peu avec le François. Je l'aime pas trop ce mec, il se la joue grave avec moi, genre, tu vas voir, petit, ce que c'est que la vraie vie. Mais pour moi, le patron, c'est Maurice. Avec lui je bronche pas, même si je l'ai mauvaise quand j'apprends que François, il va prendre le tiers du blé sur ce coup. Le tiers du blé, merde ! Il a rien fait du tout et il fera que conduire la caisse, faut pas déconner ! Mais bon, quand je l'ouvre, le boss me dit de la fermer, donc j'écrase mais j'oublie pas. Il a intérêt à bien conduire, le chauffeur, et à pas trop me chauffer quand même. Déjà que pour la bagnole il m'a fait un vieux plan parce que je voulais piquer une caisse puissante, un truc costaud quoi, une bagnole avec laquelle tu peux tracer la route et endormir les poulets. Mais non, c'était pas bien, il lui fallait une petite bagnole « discrète », au mec, pour mieux circuler dans Paris et pas se faire remarquer. Qu'est-ce qu'on en a à foutre, je veux dire ? Des BM et des Mercos, y en a plein Paname. Pourquoi il faudrait qu'on se trimballe dans une daube sous prétexte que le François, lui, ça lui plaît. De toute façon il peut toujours me saouler. La caisse, c'est moi qui vais la tirer cette nuit et faudra bien qu'il fasse avec. Je vais lui trouver un truc bien gonflé, à ce guignol, il va voir qu'avec moi c'est pas la peine de faire le prof, j'ai jamais rien écouté à l'école.

Chapitre 19

Emma

La nuit a été courte. Je ne suis pas sortie, bien sûr, je me suis comportée en jeune fille bien sage malgré l'excitation intense qui m'a tenue éveillée jusqu'à 3 heures du matin. J'ai passé le reste de la nuit à flotter entre somnolence et rêves tordus. Et maintenant, ils sont là tous les deux. Le beau Ken et le gros Shrek avec, derrière eux, un vieux bonhomme très chic, distingué à l'excès, le bijoutier certainement. Je suis attendue. Mon arrivée fait naître d'abord quelques remous dans l'assistance.

— Enfin, Emma, vous auriez peut-être pu mettre une tenue, disons, plus discrète !

Quoi, qu'est-ce qu'elle a, ma tenue ? J'ai mis les fringues que je porte pour aller à la fac. Je n'ai jamais créé de scandale ni d'émeute avec mon pantalon de toile rouge et mon tee-shirt framboise. Ken me regarde encore et me dit :

— Bon, OK. Emma, ce n'est pas grave, on fera avec. Je suppose qu'il y a plein d'étudiantes qui s'habillent comme ça… De toute façon, pour le reste tout est parfaitement en ordre. Voilà votre sac à dos. M. Coucheron y a placé une partie de sa nouvelle collection et il compte, nous comptons sur vous pour nous la ramener en fin d'après-midi. Nous vous faisons confiance, Emma. Vous sortirez par-derrière, suivie de près par Joe, que vous connaissez déjà.

Évidemment que je le connais, ce bon vieux Joe. Tu parles d'un prénom de daube. Pourquoi pas Super Bill ou Captain America ? Remarquez, ça lui va plutôt bien ce prénom à deux balles, avec son air de brute épaisse, son regard enfoncé de tortue et son cou de taureau. Son apparence donne une forte impression de puissance instinctive. Pour un garde du corps, c'est un beau garde du corps que j'ai là ! C'est vrai qu'il se serait appelé Tristan ou Jean-Eudes, ça aurait un tout petit peu cassé le personnage.

Le vieil homme élégant, que je sais maintenant être M. Coucheron, s'adresse alors à moi d'un ton certes emprunté mais plutôt bienveillant :

— Mademoiselle… Emma, si vous me le permettez, soyez assurée que j'ai toute confiance en vous et en l'équipe de Safe Corp. Quoi qu'il arrive, soyez certaine que nous veillerons sur vous, en permanence… En permanence.

S'il voulait me foutre les jetons, ce vieux schnock, il ne s'y prendrait pas autrement. Il me dit ça en forme d'avertissement comme s'il savait qu'il devait m'arriver quelque chose. Quel fumier, quand je pense qu'il était au courant, quand je pense qu'ils étaient tous au courant, qu'ils auraient pu tout empêcher juste à ce moment-là, j'ai juste envie de vomir. Mais en attendant, je prends le sac à dos en question. Bien vu la vieille besace en toile US élimée, fatiguée d'avoir trop porté des livres non lus ! Bien vu Safe Corp, on s'y croirait. Je prends donc le sac. Il n'est pas très lourd, rapporté au volume de fric qu'il est censé renfermer. Mais les diamants sont riches de complexité, ce n'est pas seulement le poids qui en fait la valeur mais aussi la pureté, la taille… Bon, en fait, la moindre de ces petites caillasses vaut certainement la peau des fesses, et je ne vais pas m'amuser à les sortir de leur besace pour les admirer. Je vais chez le photographe, je lui file le sac, il me le redonne quand il a fini ses belles photos et je ramène le tout. Un plan facile pour une fille sympa.

— Allez, Emma, il est l'heure de vous mettre en route, vous sortez la première et Joe partira après vous, dans quelques secondes. Marchez normalement, ne vous retournez pas. Voici votre casque et la radio grâce à laquelle vous serez en permanence reliée à Joe.

On dirait un super lecteur MP3. Chouette, je vais peut-être pouvoir écouter de la musique ! Mais lorsque j'enfile les écouteurs, c'est l'organe mâle et impérieux de mon *bodyguard* qui m'éclate les tympans.

— Tu seras toujours en visuel, donc tu ne paniques pas. Je suis derrière toi, tu ne fais rien d'autre que m'obéir et tout ira bien, OK ?

Comme à son habitude, le « OK » n'appelle pas de réponse de ma part. Je fais rien qu'obéir et la fermer, et tout se passera bien. Elle est pas belle, la vie selon Joe ? Pauvre vieux, nous allons vite apprendre, lui et moi, que les principes simples ne font pas toujours les histoires linéaires. Tout ne va pas toujours bien dans la vraie vie, même quand on ne fait rien que vous obéir, monsieur Joe.

Chapitre 20

Marc

L'équipe est en place. On a déjà identifié tout le monde. François, le chauffeur, assis dans une grosse voiture – au fait, super la bagnole, bravo les gars, discrétion assurée ! – avec une fausse moustache, un truc affreux à la Village People. Tu me déçois, François, je t'ai vu plus efficace, plus crédible. Quant à Maurice Bartozzi, dit Momo, le caïd de la bande, il est déguisé en homme d'affaires un peu vulgaire avec mallette Vuitton à gros monogrammes, portable argenté et Rolex tape-à-l'œil… Ça lui va plutôt pas mal. Et enfin il y a le petit jeune, Ben. Il se tient place Vendôme, fringué en touriste. Il fait semblant de prendre des photos. Rodolphe, qui est sur la place lui aussi, a même l'impression qu'il n'a pas enlevé le cache de l'objectif. Ça arrive, c'est vrai, mais vu les circonstances, c'est tout de même un très mauvais point pour le garçon. De toute façon, sa grande et jeune carrière de gangster de haut vol devrait prendre l'eau dans les heures qui viennent. On va lui mettre un beau *stand-by*, à l'étoile montante de la casse.

Je suis dans le véhicule banalisé, garé dans la rue sur laquelle donne la porte dérobée du grand bijoutier. Mes deux autres coéquipiers sont en attente. J'ai voulu une équipe légère. On va les serrer dans leur voiture, l'effet de surprise devrait être suffisant pour les paralyser. Et il y a le fourgon, au cas où. Rodolphe est en scooter place Vendôme, devant l'entrée principale de la boutique. Et puis il y a Marie, l'intrépide et pétillante petite brune de l'équipe. Elle est postée dans la même rue que moi, à pied, à l'autre extrémité de la ruelle. L'idée est simple ; ils vont sortir dans quelques minutes, et vraisemblablement se diriger vers le métro. Sur le chemin, un peu avant la Madeleine, François attend tout le monde dans un gros 4 × 4. Je pense que c'est un peu avant qu'ils n'arrivent à la voiture que Momo et Ben vont les taper. C'est le moins risqué. Mais à peine auront-ils refermé les portières que nous serons sur eux, arme au poing et brassards bien visibles. On les serre, et le fourgon arrive pour renforcer l'effet souricière. Et là, mes amis, tonnerre d'applaudissements, félicitations du préfet, dossier bouclé, avancement et augmentation…

En attendant, j'appelle mes deux lieutenants. Joie de la modernité et effet de la bonté de notre grande administration, nous avons la chance d'être équipés d'un dispositif de liaison assez potable, moderne même. Vivement que l'informatique suive… Fini donc les gargouillis incompréhensibles et les discussions de fond de piscine, plus d'erreur possible. Quand je donne un ordre, c'est clair comme de l'eau de roche. Revers de la médaille, je ne peux pas invoquer le bénéfice d'une erreur d'interprétation si ça foire.

— OK, les enfants, c'est Marc. Alors voilà le topo, dès qu'ils sortent, Marie et moi on les suit à pied. Ils vont passer devant le 4 × 4 pour aller au métro. C'est là, un peu avant très certainement, que Momo et Ben vont les intercepter. Vous laissez faire, et on les serre tous dans la bagnole dès qu'ils sont installés. Rodolphe, s'ils sortent de ton côté, même topo, tu nous préviens par radio, et on les attend à côté de leur caisse. C'est un plan simple et ça doit se passer sans accroc. Pas de question ?

De toute façon, je ne veux pas de question, et ils le savent. Tout a été dit et redit cent fois au bureau, et je ne vois pas ce qui pourrait encore faire l'objet d'une seule interrogation. Et voilà, des certitudes, encore des certitudes… Avec le recul, je sais que c'est à cet instant que nous aurions dû nous poser la seule question d'importance. Pourquoi n'avons-nous pas décidé d'intervenir plus tôt ?

Chapitre 21

Joe

Bon, c'est vrai, je l'ai un peu surjoué mon rôle avec la petite Emma, mais je ne veux vraiment pas qu'elle commence à faire le mariolle. Et aussi quand je l'ai vue se pointer habillée tout en rouge j'ai tout de suite compris que je l'avais bien cernée, la miss. Je la sentais un peu trop cool et je me suis pas trompé sur ce coup-là. Elle a l'air de prendre les choses à la légère, on dirait presque que ça l'amuse. Quand on lui a filé la radio, on aurait dit qu'on lui offrait un iPad, c'est tout juste si elle nous a pas demandé si elle pouvait télécharger des trucs. Et même si c'est vrai que, normalement, c'est assez tranquille, ce genre d'opération, même s'il n'y a pas de raison pour que ça parte en vrille, j'ai appris à être vigilant dans ce boulot, à ne jamais relâcher la pression.

C'est pas une vocation, ce job, je voulais être gendarme, moi. Attention, pas simple gendarme, hein, je voulais faire le GIGN, remplir des missions incroyables, me frotter à des terroristes, à la Mafia, pourquoi pas. J'en rêvais, de ce travail mais bon, on ne fait pas toujours ce qu'on veut dans la vie. Et le pire c'est que c'est mon physique qui m'a lâché ! Je sais, on ne dirait pas quand on me voit comme ça, mais je suis un garçon fragile. En fait, c'est mon dos qui a ruiné tout espoir de faire carrière dans la gendarmerie d'élite. J'ai toujours été le plus costaud, vous voyez, le plus costaud de la famille, le plus fort de la classe, le plus balaise de mes potes… Donc, dès qu'il y avait des choses bien lourdes à porter, des gros travaux, des challenges débiles, c'était pour Bibi. Et je ne vous parle même pas de tous les paris à deux balles du genre « je suis sûr que t'es pas capable de soulever le piano ou de bouger cette bagnole ». Des trucs de potes en soirée. Évidemment, à force de relever le défi et de faire marrer tout le monde, je me suis ratatiné les vertèbres et je me suis, retrouvé à vingt-deux balais avec une belle hernie discale, une « discopathie L5/S1 », comme disent les médecins. Un pépin bien merdique qui s'est transformé en sciatique carabinée et qui m'a cloué au lit pendant deux mois avant que je me décide à me faire opérer. Ça va mieux aujourd'hui mais bon, pour ce qui était de faire le guignol avec un masque, accroché à une aile d'avion, je pouvais oublier…

Comme j'ai quand même le physique de l'emploi, je me suis mis au tir au pistolet dans un club, et au karaté, comme un taré, et quand j'ai eu ma ceinture noire je me suis pointé dans cette boîte, Safe Corp. Ils m'ont embauché direct. Ça va faire dix ans que j'y suis maintenant. Au début je n'ai fait que du service d'ordre, des concerts, des manifestations et puis ensuite de la protection de personnalités. C'était marrant, ça, il y avait des clients sympas. Ceux qui te parlent comme à un pote et avec lesquels tu peux te marrer. Mais le plus souvent, il y avait les autres, ceux qui te prennent pour de la merde et qui pensent qu'un garde du corps, c'est juste un majordome musclé. Alors quand j'en ai eu marre de satisfaire les caprices des divas et de recoller les morceaux avec les videurs et les directeurs d'hôtel après qu'un de mes protégés avait pété les plombs dans un palace ou une boîte branchée, eh bien, je suis allé voir mon employeur et je lui ai simplement dit que je voulais faire autre chose. Je me souviens bien de la conversation avec mon boss à l'époque. Ça l'embêtait, évidemment, et comme il voulait me garder il avait fini par me proposer quelque chose.

— Écoute, Jonathan, nous, on veut que tu restes. Alors ce que je peux te proposer, c'est de travailler sur des opérations plus spécifiques, plus complexes. Tu aurais un rôle plus important, une expertise technique, tu vois. On te mettrait plus en amont sur les dossiers… Mais ça, ça ne peut se faire que petit à petit, tu comprends. Je ne suis pas en train de te dire que demain tu ne feras plus de protection rapprochée ou de gros événements, mais je te promets que tu seras aussi positionné progressivement sur des missions spéciales.

Évidemment j'ai accepté. De toute façon, avec mon bagage scolaire je ne pouvais pas espérer une reconversion au CNRS. Mais le plus étonnant, c'est qu'ils ont tenu parole et que je suis effectivement devenu, au bout de trois ans, « expert technique » sur des opérations de protection et de transfert de fonds. Le coup de l'étudiante, c'est le grand patron qui en a eu l'idée. Un truc pas cher et discret qui serait facile à mettre en place et surtout à vendre. J'ai étudié la faisabilité et on a commencé ce genre de mission, il y a trois ans. Ça a marché tout de suite très fort, surtout avec les bijoutiers. Ils adorent le côté discret du dispositif. On le fait très régulièrement dans toute l'Europe. Un peu moins en Italie depuis l'affaire de Florence, mais là, on n'y pouvait rien. C'est le bijoutier en personne qui avait tout balancé aux braqueurs pour se faire ensuite rembourser par les assurances. C'est sûr que la discrétion, dans ce genre de plan, c'est carrément indispensable. Alors si le client se met à bavarder, ça ne peut pas marcher. Mais bon, même quand on sait que ça existe, difficile de savoir où et quand ça va se passer. Les malfrats vont pas se mettre à enlever toutes les étudiantes qui se trimballent avec des sacs à dos aux abords des bijouteries, non ?

Donc on a continué à procéder de la même façon, toujours avec succès. Aujourd'hui, c'est avec Emma que l'opération va se dérouler. Elle a l'air futée, cette fille, même si je la crois un peu détachée du truc, pas franchement dedans. On dirait que pour elle ça ressemble à un jeu, et c'est pour ça que je ne la lâche pas et que je suis rude. Juste pour qu'elle ne se mette pas à croire que ça va être une simple promenade de santé. J'ai vu plein de choses merder dans ma carrière. Mine de rien, je m'en suis tapé, des archives de la police ; j'en ai épluché, des dossiers dans lesquels ça s'est pas bien passé du tout... Des plans qui avaient l'air tout ce qu'il y a de plus nickel et qui, au final, se sont transformés en véritable merdier. Moi, je sais bien que pour quinze millions, il y a des types qui sont prêts à tout. Tu vois, Emma, je sais même que pour cette somme, il y a des types qui sont prêts à tuer.

Chapitre 22

François

On y est… En tout cas, moi, j'y suis. J'y suis même jusqu'au cou, enfoncé dans le cuir de cet énorme 4 × 4. Petit connard, va ! C'est ça, son compromis ?! Il est arrivé chez Momo tout à l'heure au volant de cette énorme bagnole, avec sur le visage, un sourire imbécile, provocant et réjoui. Je me suis tourné vers Momo, exaspéré et désespéré, ces deux sentiments m'assaillant avec la même intensité.

— Il est vraiment con, c'est ça, hein, Momo, définitivement et irrémédiablement con ! On avait dit une bagnole puissante mais discrète et ce résidu de crétin hydrocéphale, nous ramène un Q7. Et rouge, merde ! Rouge, en plus ! Je laisse tomber, Momo, je laisse vraiment tomber…

Momo semble lui aussi atterré par l'initiative malheureuse de notre champion. Mais il temporise.

— Attends, calme-toi, François. Il a peut-être une explication. De toute façon, on va être obligés de faire avec, on peut plus reculer…

Ben descend de la bagnole, il sifflote, il est content, il caresse l'aile de la voiture d'un air connaisseur. Il la flatte du regard.

— Ça, c'est du lourd, les mecs ! Deux tonnes, 350 CV. Avec ça, les gars, personne ne va venir nous chier dans les bottes, c'est top, non ? En plus, j'y croyais pas, le double de la clé était dans la boîte à gants, ils sont trop à la cool ces gros bourges… ou trop pétés de thunes, je sais pas.

Je n'y tiens plus, la bêtise de Ben est de celles que j'exècre le plus. Une crétinerie brute, épaisse et impérieuse. Je suis à bout, et je m'avance soudain vers lui avec la ferme intention de lui expliquer le sens exact et la portée du mot « discrétion ».

— Qu'est-ce que c'est que cette bagnole, Ben ?! Tu te fous de nous, c'est ça ! On t'avait bien précisé quelque chose de discret, puissant si tu veux mais discret, tu comprends ! Tu ne sais peut-être pas ce que veut dire ce mot… C'est ça, hein ? Je préférerais tellement que ce soit la raison pour laquelle tu te pointes avec ce mastodonte écarlate. Mais je sais, hélas, que ce n'est pas le cas. C'est juste que tu te fous de ce qu'on t'a demandé et que tu n'en fais qu'à ta tête, ta grosse tête d'abruti !

Je suis sur lui maintenant et il recule alors prestement vers la bagnole. Il ne semble pas rassuré et il a raison. Mais à cet instant Maurice vient se placer entre lui et moi et, une fois de plus, il joue les juges-arbitres, bien qu'il soit lui aussi assez furax.

— François a raison. Pourquoi t'as piqué un truc pareil ! Avec cette bagnole, on est sûrs que personne n'oubliera notre passage, où qu'on aille. T'as intérêt à avoir une explication cohérente.

Je vois bien que Ben n'avait pas prévu une telle levée de bouclier. À ce moment précis, il a l'air d'une bête traquée, ses yeux font de rapides allers-retours entre Momo et moi, il respire bruyamment et semble réfléchir avec intensité. Ce dernier point étant sans doute pour lui une expérience nouvelle. Il a aussi perdu l'odieux petit air bravache qu'il nous servait jusqu'à présent.

— Quoi, les mecs, c'est bon, j'avais pas le choix. Je voulais taper une belle BM grise que j'avais repérée. J'avais bien tout prévu et tout, mais la vérité elle y était plus cette nuit et à la place y avait ce 4 × 4. Moi, j'avais plus le temps, quoi c'est vrai, alors je l'ai piqué ! Et puis, ça va quoi, c'est bon, à la vieille baraque, y a une bagnole plus soft. Si y a un problème, les keufs chercheront une grosse caisse rouge et nous on sera dans une autre caisse. Limite c'est mieux, non ?

Voilà ce que les réflexions intenses d'un tout petit cerveau peuvent engendrer sous une forte contrainte. Un raisonnement tronqué, frappé au coin d'un bon sens primaire et offrant une conclusion forcément optimiste. Je suis un peu désarmé par tant de candeur imbécile, mais j'ai tout de même très envie de lui coller une beigne. La sanction ne vient pourtant pas de moi, c'est Momo qui la prononce.

— OK, Ben. On n'a pas le temps, de toute façon, de changer quoi que ce soit. On garde cette caisse, mais toi, Ben, t'as intérêt à assurer maintenant. Je te promets que si tu déconnes encore, je te grille partout et plus personne ne te fera monter sur un coup, tu peux me faire confiance. Mais pour l'instant, on a un boulot à faire et on va s'en occuper du mieux possible. Alors tu te prépares, tu te concentres et tu fais en sorte de limiter les dégâts. François, je te laisse prendre les commandes de cet engin et on y va dans dix minutes.

Je vois bien que la menace de Momo a un peu sonné Ben. Mais je distingue aussi parfaitement le regard mauvais qu'il me balance maintenant que le choc est passé. Ce mec est une teigne, une sale petite teigne rancunière et vicieuse qui ne va pas oublier les paroles de Momo. Il ne va rien oublier… Et moi, en attendant, je suis coincé dans cette bagnole monstrueuse et je prie pour que tout le monde arrive le plus rapidement possible… ou pour que personne ne se pointe.

Chapitre 23

Marc

— Attention, elle sort !

Effectivement notre convoyeuse fait sa sortie, tout de rouge vêtue. Elle apparaît de notre côté, côté rue, par la porte dérobée. Elle s'appelle Emma, elle a l'air d'avoir dix-huit ou vingt ans. En réalité, d'après son dossier, elle a un peu plus : vingt-trois ans. Ni très jolie, ni vraiment moche, quelconque. Elle est habillée tout en rouge, pantalon et tee-shirt écarlates, pourtant on ne se retourne pas sur elle. Cette étudiante lambda qui porte un sac en bandoulière s'en va peut-être ou revient de la fac. C'est assez réaliste… S'il n'y avait le garde du corps qui vient lui aussi de sortir de la bijouterie et qui se met à suivre la jeune femme à une centaine de mètres.

— Marc pour Rodolphe, tu quittes la place Vendôme et tu te diriges vers leur bagnole. Je veux que tu sois là-bas avant eux. Marie, tu suis le garde du corps, moi, je démarre tout de suite, je vais filer Emma et vous précéder. On s'intercale discrètement, comme à l'école, les enfants. Maintenant ! Je sors et je la suis.

La jeune fille marche vite, peut-être un peu trop, car elle vient soudain de porter la main à son oreille, elle semble acquiescer et réduit l'allure. Nous nous dirigeons tous vers le métro, vraisemblablement vers la station Madeleine. Nous n'en sommes plus très loin lorsque Emma passe au milieu d'une bande de jeunes types. Ils sont six, âgés de quinze ou seize ans, grand maximum. Je suis à dix mètres d'Emma et j'entends parfaitement la vanne que lui lance d'une voix très forte l'un des gamins :

— Mademoiselle, eh mademoiselle, mes copains et moi on peut vous aider à porter votre sac. En plus, y a le grand méchant loup qu'est dans le coin, alors si vous voulez, on va vous accompagner chez Mère-Grand, pour lui filer sa galette et son pot de beurre, tout ça quoi.

Ricanements immédiats du reste de la bande. Emma devrait normalement passer sans rien dire, pourtant elle a une réponse à l'intention du plus grand qui déclenche une agitation immédiate. Je n'ai pas réussi à comprendre ce qu'elle a dit, mais ça n'a pas l'air de plaire du tout à l'intéressé. Alors que les autres membres de la bande commencent à entourer Emma, le grand mec se met à crier :

— Vas-y, toi, le p'tit Chaperon rouge ! Tu te prends pour qui ! Tu veux que mes potes et moi, on s'occupe de toi ? Et vas-y aussi montre ce qu'y a dans ton sac ! On sait jamais, t'as peut-être vraiment à bouffer là-dedans, et moi j'ai grave la dalle !

La situation a dérapé avec une telle rapidité que nous n'avons plus beaucoup le choix. J'arrive droit sur le petit attroupement et je réfléchis à toute vitesse.

Le garde du corps est à une centaine de mètres derrière moi et doit être suivi par Marie. Soit j'interviens tout de suite, soit je laisse faire le colosse. Dans le premier cas, le risque de faire rater l'opération est énorme, quasi inéluctable. Si on sort nos cartes de police, il faudra contrôler tout le monde et le garde du corps ne comprendrait pas que nous laissions repartir Emma tout de suite. Je choisis donc de le laisser agir et je dépasse le petit attroupement sans m'émouvoir outre mesure. Je préviens aussitôt Marie.

— Marie, on n'intervient pas pour l'instant, on reste calmes. On va laisser faire le garde du corps. Je reste à proximité immédiate. En cas de pépin ou s'il ne s'en sort pas, on serre tout le monde et on annule l'opération. Tant pis.

À peine ai-je fini ma phrase que le garde du corps en question arrive sur le petit groupe. Son intervention va être plutôt efficace, un peu virile… mais efficace.

Chapitre 24

Ben

Ils m'ont bien pris la tête, les deux vieux ! Attends, elle est trop bien cette caisse ! Qu'est-ce qu'ils veulent, quoi, une charrette… Moi, je crois qu'il faut se donner les moyens, tu vois. On est sur un gros coup, là, faut pas croire que je vais pas me la péter un peu, non. À quoi ça sert d'être dans la cour des grands si c'est pour se la jouer prolo. Mais bon, il m'a aussi fait flipper, Momo, il rigolait pas, là. Je veux pas être grillé, moi, pas question. Je vais assurer maintenant, il y aura pas de problème, je vais tout contrôler, je vais assurer grave. Mais y a aussi mon costume de touriste qui me gonfle. Ils m'ont déposé sur la place Vendôme il y a cinq minutes et, pour faire plus vrai, je prends des photos de rien, genre tout m'intéresse. En fait, au départ j'y ai rien vu, dans ce truc. C'est là que je me suis rendu compte qu'il y avait un capuchon sur le machin, là, l'objectif. Trop la honte, mais, bon, j'en ai jamais, eu, moi d'appareil photo. Pas des comme ça en tout cas. Des gros machins avec plein de réglages qui servent à rien et des boutons pires que dans une navette spatiale. Je suis sûr que les mecs qu'achètent ces trucs, ils savent même pas à quoi ça sert, tous ces merdiers. Moi, mon portable, y tape dans les six millions de pixels, alors je vais te dire, ça prend les mêmes photos et en plus, avec, je peux appeler mes potes.

Pour l'instant, j'attends que Momo me dise quoi faire. Normalement, la nana ne doit pas sortir de mon côté mais comme on sait pas, il fallait que je sois sur la place. Trop la classe la place Vendôme, ici, c'est pas la cité des Quatre-Mille, c'est sûr. Que des boutiques de luxe qui déchirent grave, de la grosse Mercedes et de la Porsche. Juste un peu plus loin, je vois le palace trop top là, le Ritz. On dirait trop un nom de gâteau apéro, non ? Genre passe-moi le Coca et fais péter la boîte de Ritz ! Je me souviens que c'est là que la princesse british, Dina, je crois, elle squattait avec son mec plein de thunes. C'est trop con, non, être super blindée et finir explosée dans sa caisse sous un pont, parce que le chauffeur est trop bourré. De toute façon, moi, quand j'aurai du blé, ma bagnole c'est moi qui la conduirai. Pas question qu'un guignol pété au Ricard pose ses grosses pattes sur le volant de ma Benz. Comment je me la péterai trop dans une grosse tire bien puissante. Je pense que je retournerai dans la cité de temps en temps, tu vois, histoire de faire craquer les meufs et de rendre un peu blêmes leurs potes. Je les vois trop bien, les mecs, ils vont être verts.

En attendant, faut que je prenne des photos pour faire genre touriste. Je capte un gros pigeon de sa race. Je te jure, on dirait une poule, ou un dindon, ou un truc comme ça tellement il est énorme. Il se balade tranquille sur la place et y a même une vieille qui lui balance des trucs à bouffer. Comme s'il était pas déjà assez gros, l'emplumé ! De toute façon, je suis sûr qu'il pense qu'à bouffer toute la journée, ce gros tas. Et il a même pas peur du peuple, le bestiau. La vérité, c'est tout juste s'y passe pas entre les jambes des mecs. À un moment, il traîne un peu sur la chaussée et manque se faire écraser par un bus. Je ne sais vraiment pas comment il a fait pour s'en sortir, ce blaireau ! Moi, j'étais sûr qu'il était bon pour l'aplatissage garanti sur le bitume, façon galette. Eh ben, non, le revoilà qui pointe sa graisse et qui revient vers moi.

J'essaie de bien le capter dans mon appareil mais il arrête pas de bouger, ce naze. Il peut pas s'arrêter. Il se barre tout le temps, il avance de cinquante centimètres et puis il becte vite fait un truc dégueulasse par terre. Après il tourne trois, quatre fois la tête dans tous les sens et hop, il continue son petit manège. Et pendant que je tente de shooter le gros piaf, il se dirige vers moi, mine de rien, en zigzag, n'importe comment. Au bout d'un moment, je le vois encore plus gros qu'en vrai, énorme dans le zoom, et quand je décolle l'appareil de mon œil, il est à mes pieds, ce taré. Je te jure, il essaie de bouffer mes lacets ou je sais pas quoi ! Peut-être qu'il prend ça pour un ver de terre ou une limace. En tout cas, je te lui décoche un vieux coup de Nike des familles dans sa face de poulet géant et là, il se casse fissa en laissant sur place tout un tas de plumes et en poussant de drôles de cris de pigeon. Non mais quand même, je vais pas me laisser bouffer mes baskets par un sale piaf qui m'a pris pour son frigo. Et puis, juste à ce moment-là, Momo m'appelle. La fille et le garde du corps sont sortis de son côté, par la porte à l'arrière de la bijouterie, comme convenu. Faut que je me magne pour les rejoindre et choper la petite nana. Je vais bientôt pouvoir la jouer sérieux. Je flippe un peu, mais en fait là, je kiffe grave !

Chapitre 25

Emma

Je sais bien que je ne dois pas répondre. Les types de Safe Corp me l'avaient bien précisé : profil bas, ma fille, pas de vagues. « Si on te cherche, tu laisses tomber et tu passes ton chemin. » Mais là, le grand gamin merdeux, je ne pouvais tout de même pas le laisser se foutre de ma gueule et se gargariser de sa vanne à deux balles devant ses ignobles petits copains. C'est vrai que je suis habillée en rouge, mais je ne porte pas de capuche, ni de sac en osier, rien… Surtout, je crois que ce sont les ricanements imbéciles de ses potes qui m'ont motivée. C'est vrai, OK, je me suis laissée emporter, sans résister, malgré les avertissements de Joe qui me hurlait dans les oreilles :

— Tu continues, surtout ne dis rien. Tu fais comme je t'ai dit, pas de conneries, hein !

OK, Joe. Mais je ne peux pas m'en empêcher, les mots sortent tout seuls. Il n'y a rien à faire. Je me retourne vers lui très calmement, je le toise comme on le fait d'une chose incongrue, d'une mouche dans le potage ou que sais-je encore, d'un étron sur une commode Louis XVI, et je réponds calmement au gamin :

— Le jour où j'aurai besoin d'aide, c'est sûrement pas à toi et à ta vilaine petite bande de puceaux que je ferai appel.

Ça les a un peu énervés, et je me suis soudain retrouvée très entourée. Ils tirent sur mon sac, me traitent de pute, de grosse tassepé, de poufiasse... Ils me promettent une joyeuse tournante dans une cave d'immeuble. Tout cela, dans un langage fleuri, très imagé, de la vraie poésie urbaine. Mais je commence à paniquer et je maudis mon éternelle et incorrigible logorrhée bravache, ma grande gueule, quoi. J'entends alors dans mon oreillette la voix grave de Joe. Ce qu'il a à me dire n'est pas très aimable, mais je dois reconnaître que pour une fois, je suis très, très heureuse de l'entendre.

— Tu ne bouges pas, je suis juste derrière toi ! Tu me saoules, je te jure que, là, je suis vraiment pas content !

Et quand il n'est pas content, mon Joe, il est assez expéditif, croyez-moi. Le plus pressant de mes agresseurs, celui qui tire sur mon sac comme un forcené, est soudainement projeté dans les airs. Je le vois passer au-dessus de moi dans une sorte de tentative de décollage avorté. À peine a-t-il eu le temps de s'écraser comme un flan, à trois mètres de moi, qu'un deuxième de la bande se met à hurler comme un veau. Joe lui a saisi les deux bras et, je n'en suis pas certaine, mais je crois bien qu'il essaie de faire un nœud avec ou quelque chose comme ça. Les hurlements cessent au moment précis où les deux membres produisent un sinistre craquement. Mon garde du corps est enfin arrivé à terminer son nœud ! Le môme s'effondre, terrassé par la douleur. Les autres s'éparpillent alors comme une volée de moineaux. Le plus courageux d'entre eux ose un pitoyable « gros enculé » avant de s'enfuir lui aussi avec toute l'énergie du désespoir et toute la vélocité d'une bonne grosse trouille.

Joe se tourne alors vers moi, à peine essoufflé, il semble maintenant très calme, ce qui après ce qu'il vient de faire subir aux deux jeunes lui donne une nouvelle dimension carrément flippante.

— Allez, viens maintenant, on s'en va !

Alors que je jette un regard inquiet et presque compatissant aux deux gamins allongés par terre, il ajoute :

— Laisse tomber, ils porteront pas plainte et puis ils s'en remettront… J'ai fait attention.

Quelle belle mansuétude ! Je suis certaine que l'ado à qui il vient de casser les deux bras applaudira l'attention délicate avec entrain dès qu'il pourra se servir à nouveau de ses mains. Je n'aimerais pas assister à une intervention de Joe quand il « ne fait pas attention ». Mais nous devons repartir tout de suite et je sens, dans le ton mauvais de Joe, que j'ai plutôt intérêt à me tenir à carreau.

— Maintenant tu continues. Tu vas à la bouche de métro comme convenu. Et si jamais il te reprend l'envie de parler à quelqu'un, tu ne t'adresses qu'à moi, dans ton micro. Je te promets de bien t'écouter. Mais je te promets aussi que si tu recommences tes conneries, on rentre direct à la bijouterie, sans passer par la case photo. Et que toi, tu peux oublier ton pognon, Emma !

Le ton est acerbe mais je remarque qu'il m'a tout de même appelée par mon prénom. Dois-je y voir un signe encourageant, un rapprochement, une volonté soudaine de faire jaillir de notre coopération une forme subtile d'empathie, un embryon de complicité ? Je l'ignore. Le plus triste, c'est que je n'aurai finalement jamais l'occasion de le savoir.

Chapitre 26

François

Je pourrais me tirer… laisser la bagnole et les planter là avec leur braquage pourri, retourner chez moi et puis picoler… picoler jusqu'à l'effondrement total, jusqu'à l'oubli, jusqu'à demain. Demain, dans une semaine, dans six mois ou bien l'année prochaine, quelle différence ? Ils me retrouveront de toute façon, eux ou d'autres. Je ne crois pas que je puisse leur expliquer que j'ai flippé, que je ne le sentais vraiment pas, ce coup-là. Je ne sais même pas si j'aurai le temps de leur dire quoi que ce soit. Momo, il est sympa comme ça, mais il est aussi un peu rancunier. Rancunier et violent. Rancunier, violent et imprévisible. Rancunier, violent, imprévisible et légèrement psychopathe. Je ne l'ai jamais vu tuer quelqu'un, mais je sais très bien qu'il en est parfaitement capable.

Dans mes rétros, je ne les vois pas encore, il y a beaucoup de monde, de l'agitation, des hommes d'affaires pressés, des mères de famille chic et stressées, des touristes. En revanche, je distingue parfaitement les regards curieux des passants, qui se portent à de trop nombreuses reprises sur les vitres fumées du gros 4 × 4 rouge, posé comme une framboise géante et incongrue sur cette petite place entre Madeleine et Rivoli. Pourtant, ce ne sont pas les voitures de luxe qui manquent dans le quartier. J'aperçois au loin la façade de l'immeuble Chanel aux discrets auvents blancs sur lesquels se détachent les fameuses lettres noires. Haute couture, maroquinerie hors de prix, haute joaillerie… Le quartier n'est pas vraiment populaire, et ce n'est pas un 4 × 4 de luxe de plus qui devrait retenir l'attention ! Mais celui-là est tellement imposant. Il est impossible de le louper. Et, bien entendu, les vitres teintées provoquent des réactions de curiosité. Un jeune type échevelé colle même sa tête d'ahuri à la vitre pour essayer de distinguer l'intérieur de la voiture. Je résiste difficilement à l'envie de baisser ma fenêtre pour lui foutre un peu la trouille. La calamité annoncée est en train de se réaliser. Tous ceux qui seront passés à moins de cinquante mètres de cette bagnole en garderont le souvenir, même vague, même inconscient. Je n'ose imaginer l'impression que nous laisserons lorsque nous traverserons les vertes campagnes et les petits villages paisibles du Vexin.

Cette fois, on tape carrément sur ma vitre. Je ne veux pas réagir. Il n'y a personne dans cette voiture, barrez-vous ! Inutile d'insister, je suis absent, inopérant, aphone. Mais bien sûr, je regarde. Qui peut bien avoir assez de culot pour taper comme ça, avec cette lourde insistance, avec toute la fermeté et la rigueur du bon droit drapé dans le vertueux manteau de l'ordre public. C'est un flic évidemment ! Une brusque sueur glacée me parcourt tout le corps, les battements de mon cœur s'accélèrent et mon souffle devient court. Je n'ai pas de solution, pas d'idée, rien. Je suis pourtant correctement garé, bon sang, je ne gêne pas… Le véhicule n'a pas pu être déjà signalé, le petit vient de le taper. Un affreux doute m'envahit alors. À quel moment l'a-t-il vraiment volée, cette bagnole ? Il est capable de tout, ce petit con, il a pu la braquer hier soir et s'amuser un peu avec cette nuit. Le vol a pu être signalé depuis plusieurs heures. Avec un peu de chance, il a aussi braqué le conducteur à un feu rouge et lui a filé quelques beignes ou un coup de crosse. Cette histoire de double de la clé dans la boîte à gants m'apparaît alors assez grotesque. Vol avec violence. Pour peu que le conducteur ait quelques relations, tous les commissariats de Paris ont peut-être déjà reçu le signalement de la voiture. C'est un cauchemar, je suis certain maintenant que c'est exactement ce qui a dû se passer.

Je sors mon arme avec fébrilité mais sans grande conviction et j'en serre la crosse avec force. Puis je commence à descendre la vitre. C'est une femme flic, elle me regarde sévèrement. Les premiers mots qu'elle prononce avec âpreté ont pour effet immédiat de crisper encore un peu plus mon doigt sur la détente.

Chapitre 27

Joe

Je le savais, je le sentais, que cette Emma avait le potentiel pour nous créer les pires emmerdements. Je ne comprends toujours pas comment j'ai pu accepter qu'on la choisisse pour cette opération. Peut-être que son côté détendu, détaché, et la vivacité de ses réponses à nos questions m'ont bluffé. Elle m'a sans doute plu finalement, Emma la malice, qui se pointe à la bijouterie habillée en rouge tomate pour une opération dont on n'a pas arrêté de lui dire que le seul mot d'ordre était « discrétion ».

En attendant, pour la discrétion, on repassera. Je n'ai eu d'autre choix que d'intervenir. J'y suis allé vite et fort, il fallait que tout le reste de la joyeuse troupe comprenne tout de suite qu'ils étaient tombés sur un os. Un gros os d'un mètre quatre-vingt-dix-sept et de cent vingt kilos qui a, en moins de vingt secondes, mis hors d'état de nuire deux de leurs potes. Bien sûr, les autres se sont éparpillés tout de suite. C'était l'objectif. Il n'empêche que, maintenant il faut qu'on se tire en vitesse avant que les flics ne se pointent. Je ne sais pas s'ils mettront beaucoup d'énergie à retrouver un type qui a protégé une jeune fille contre une bande de marlous, mais je préfère qu'on évite d'avoir à s'expliquer. Si la couverture d'Emma est grillée, on n'a plus qu'à rentrer à l'agence, et je sais que ce genre de publicité ne sera pas du tout du goût du boss. Je commence à me faire une vraie place dans la boîte, et je n'ai pas envie de retourner surveiller les concerts ou de me retrouver vigile à la FNAC. Nous nous dirigeons maintenant d'un bon pas vers le métro. Je suis juste concentré sur elle, je surveille son allure, scrute les gens qui la croisent, entends son souffle dans le micro. Elle respire normalement Elle a pris le bon rythme, rapide mais sans précipitation. Juste une étudiante qui se hâte tranquillement vers un cours qu'elle apprécie. Ou une jeune fille qui se rend à un rendez-vous avec son petit copain. En réalité, une nana de vingt-trois balais qui se trimballe dans Paris avec une petite fortune et qui trouve quand même le moyen de se mettre à dos les premiers zonards qu'elle croise et de me foutre un merdier pas possible dans ma belle opération.

Avec de la chance, cet incident n'aura pas trop de conséquences. Nous ne sommes plus tellement loin du métro et, une fois dedans, tout devrait bien se passer. Je crois qu'elle a tout de même compris qu'elle doit, rien qu'aujourd'hui, s'écraser un peu. Quand bien même le roi de la tchatche se mettrait à lui proposer un petit combat. C'est précisément au moment où je commence à me dire que ce dossier ne va peut-être pas si mal se passer et qu'on a traversé le pire que je sens une forte pression dans mon dos. Le contact d'un objet que je reconnais immédiatement pour avoir déjà eu à me sortir de ce genre de situation. Pas en vrai, mais au cours des nombreux entraînements que nous suivons régulièrement chez Safe Corp. Mais entre l'exercice et la réalité brute, celle qui consiste à sentir qu'on vous appuie un flingue entre les reins, il y a une différence fondamentale qui m'incite à être très prudent. Je continue à marcher tout en ralentissant légèrement. J'entends alors le type qui se trouve juste derrière moi et qui est en train de me braquer me confirmer que oui, c'est bien un flingue, et qu'on va aller faire une promenade tous les deux. En fin de compte, quelque chose me dit que cette mission va peut-être se terminer encore plus mal qu'elle a commencé.

Chapitre 28

Momo

Plutôt balèze, le mec. Quand je passe à côté des deux petits branleurs, je constate qu'ils sont salement entamés. Il y en a un qui est inconscient, les bras tordus dans une drôle de position, enfin pas très drôle pour lui. Quant à l'autre, il pousse de petits cris déchirants et pitoyables, des sortes de miaulements étouffés de chaton. Les badauds commencent à s'attrouper tandis que la fille et son protecteur sont déjà repartis. Je dois absolument maîtriser le gros avant qu'ils n'arrivent à la bagnole et surtout avant que le petit ne s'occupe de la fille, sinon je crains le pire… Je presse le pas, je ne suis plus qu'à cinq mètres, peut-être moins. Cette grande carcasse dégage une impression de puissance, de solidité. Le gars balance nonchalamment ses deux grands bras prolongés de gigantesques battoirs, rattachés solidement à un cou de taureau. Il faut que je le saisisse, que je le cueille rapide, qu'il ait l'impression qu'il ne peut plus rien faire. S'il tente quoi que ce soit, je ne sais pas si je pourrai le maîtriser, et je ne veux pas lui coller une bastos ici, en pleine rue. Sauf si c'est vraiment nécessaire.

Je me rapproche encore, je suis maintenant à un mètre de lui, cinquante centimètres... Je pense qu'il ne s'est pas encore aperçu de ma présence. Encore quelques centimètres, je sors mon flingue et je lui colle immédiatement le canon dans le dos, juste entre deux côtes en appuyant bien fort pour qu'il n'y ait pas d'ambiguïté.

— Bouge pas, mon gros ! C'est exactement ce à quoi tu penses, c'est bien un flingue que tu sens dans ton dos, un flingue avec un silencieux. Alors tu vois, si tu ne fais pas exactement ce que je dis, je n'hésiterai pas à t'abattre ici, au beau milieu de cette rue. Voilà le topo, on va aller ensemble jusqu'à ma bagnole, comme deux vieux potes bien proches, tu vois, la main dans le dos... C'est tout droit.

Il a à peine tressailli quand il a entendu le son de ma voix, à peine esquissé le geste de se retourner quand il a senti le flingue. Contrôle total, le mec, impressionnant. Et quand il s'adresse à moi, sa voix ne tremble pas.

— Écoute, je sais pas ce que tu veux exactement, mais je suis sûr que tu te plantes, mon gars. J'ai pas d'objet de valeur sur moi, pas de fric, rien. Tu dois faire une erreur.

Il m'énerve un peu avec son ton calme de surveillant de collège. J'ai très envie de le sentir un peu flipper, moi.

— Te fous pas de ma gueule ! Tu sais très bien pourquoi je t'embarque. Si tu fais pas le guignol, on ne te fera rien, ni à toi, ni à la fille. Alors tu avances tranquillement et tu te laisses guider.

Bon, de toute façon, il se doutait bien de la raison pour laquelle je le braque, mais à partir de maintenant, il en est sûr. Je n'aime pas trop les ambiguïtés dans ce boulot. Dans ce type de job, il vaut mieux que les choses soient dites pour éviter toute surprise. Pourtant, il en rajoute une couche. Et toujours sur le même petit ton très énervant de maître d'école.

— Et moi, je crois que tu fais la plus grosse connerie de ta vie. Allez, si tu te casses maintenant, je te promets de ne pas me retourner avant que t'aies eu le temps de disparaître. Te fous pas dedans, mon gars, barre-toi, c'est le meilleur conseil que je peux te donner.

Là, il est carrément planant, le mec. Il s'attend à quoi exactement, à ce que je tombe à genoux et que je lui demande pardon en me frappant la poitrine ?

— J'ai bien écouté ce que t'avais à me dire et en fait j'en ai rien à secouer, de tes conseils. Alors maintenant, écoute bien ce que moi, je vais te dire. On n'est pas des branques d'amateurs ou un de ces petits merdeux que t'as éclatés tout à l'heure. Nous, c'est du sérieux, et je te promets que si t'avances pas tout de suite et que tu fermes pas ta grande gueule, je te colle une balle direct dans le foie et que tu finiras là, à te répandre partout devant tout le monde, comme un putain de cochon. De toute façon, on n'a pas vraiment besoin de toi et tu le sais très bien.

Tout en lui disant ça, j'accentue encore la pression de mon flingue sur ses côtes. Mon dernier argument a porté parce que la grosse armoire à glace se met en route. Il ne peut s'empêcher pourtant de secouer son cou de taureau... Le secoue pas trop, mon grand, le secoue pas trop, tu pourrais très bien faire glisser mon doigt sur la gâchette.

Chapitre 29

Marc

Je me suis arrêté un peu plus loin et j'ai regardé le spectacle. Ça n'a pas duré plus d'une minute. Maintenant il y a deux jeunes mecs par terre, salement amochés. Faisant preuve d'un courage héroïque, le reste de la bande s'est enfui dans toutes les directions. Le garde du corps et la fille n'ont pas dû échanger plus de deux ou trois mots puis Emma est repartie rapidement vers le métro. Je me place avec le plus de naturel possible entre elle et son protecteur, qui, lui, a retrouvé sa distance réglementaire, à une centaine de mètres derrière la jeune femme. Nous poursuivons alors notre route vers l'entrée du métro. Marie, elle aussi, a assisté de loin à la séance d'étirements et de vol acrobatique de nos petits loubards. Elle me prévient par radio qu'elle s'est remise en marche. Notre joyeuse cohorte est donc de nouveau opérationnelle. Et nous n'avons pas dû faire plus de cent mètres quand Marie m'appelle :

— Marie, ici Marie pour Marc ! Le garde du corps vient de se faire serrer par Bartozzi, je répète le garde du corps est neutralisé… Je continue à les suivre.

Ça y est, c'est parti ! Maintenant ça devrait être au tour d'Emma de faire la connaissance du plus jeune de l'équipe. Et ça ne loupe pas, quelques instants après l'appel de Marie, je vois débouler devant moi le petit dernier de la troupe, Ben, le microcaïd des cités avec sa casquette des Yankees et son appareil photo en bandoulière. Après un court dialogue, il embarque Emma sous mes yeux. Bravo les gars, bon timing ! Le garde du corps et la convoyeuse sont à vous.

— Marc pour Rodolphe. C'est fait, les deux cibles sont neutralisées. Ils vont se diriger vers toi, en direction de la voiture. On fait exactement ce qu'on a dit. On les serre uniquement une fois qu'ils sont tous les cinq dans le 4 × 4. Tout se passe comme prévu.

Quel imbécile, je devrais pourtant savoir que tout ne se passe jamais vraiment comme prévu ! Et s'il y a un boulot dans lequel l'inattendu reste une constante, c'est bien celui de flic. Si l'on pouvait tout anticiper, le beau métier de délinquant aurait disparu depuis longtemps. C'est fou, l'imagination et le sens de l'à-propos que peuvent développer les malfrats. Combien de fois n'ai-je pas été presque admiratif devant les subterfuges, les audaces et les folles imprudences dont ils sont capables pour échapper au jugement et à la prison. Alors, le « tout se passe comme prévu », je devrais vraiment l'éviter. D'ailleurs, ça ne loupe pas, une ou deux minutes après qu'Emma s'est fait serrer, ma radio s'affole et j'entends dans l'oreillette la voix de Rodolphe. Il a une information capitale à me faire parvenir. Capitale et dramatique.

Chapitre 30

Emma

Je me dirige vers le métro, mais je n'entends plus la voix de Joe depuis quelques minutes. Je n'ose pas me retourner, ni lui adresser la parole de peur que notre amitié naissante ne vole en éclats. Le job est assez chouette, finalement, excitant ! Et franchement avoir un garde du corps, c'est un peu du délire, non ? Imaginez, en avoir un tout le temps, pour de vrai… Vous pourriez bâcher tout le monde, faire n'importe quoi et hop ! Au moindre pépin, au plus petit geste menaçant d'un quidam irrité, vous avez votre gros Joe qui attrape l'excité et le plie en trois avant de le balancer dans une poubelle. Je suis perdue dans mes délires mégalomaniaques quand un jeune type, une sorte de caricature de touriste moyen, appareil photo en bandoulière, s'avance vers moi avec un grand sourire.

— Excusez-moi, mademoiselle, vous pouvez me dire comment je fais pour aller voir la tour Eiffel, s'il vous plaît ?

Dites-moi que je rêve, qu'est-ce que c'est que ce mec avec sa pauvre question ? Est-ce que j'ai l'air d'une borne de renseignements pour touriste en galère ? Est-ce que j'ai vraiment une tête de GPS ? Bien sûr, je ne vais pas lui répondre un truc de ce genre, parce que l'expérience que je viens de vivre avec ma bande de loulous a un peu refroidi mes ardeurs en matière de répliques pourries. Je regarde avec attention ses deux bras, et j'imagine avec effroi ce que Joe pourrait en faire. Alors je réponds, poliment :

— Désolée, je ne sais pas, mais vous pouvez vous renseigner à la station de métro, juste au bout de la rue.

Sobre, neutre, gentille mais ferme, personne ne pourra me dire que je n'ai pas suivi les consignes sur ce coup-là. Pourtant le type s'avance encore vers moi, il met la main dans son blouson et en écarte un pan de sa main libre. Il me laisse entrevoir un énorme revolver, et je sens mes jambes devenir très molles puis mon sang quitter ma tête, d'un seul coup, pour se précipiter dans ma poitrine et noyer mon cœur.

— Je crois qu'on va quand même faire un petit morceau de chemin ensemble, ma grande. Je suis même sûr qu'on va bien s'éclater tous les deux.

Il me saisit fermement le bras et m'entraîne d'un pas vif en direction de la Madeleine. Je suis complètement affolée, je cherche Joe du regard, je n'ose même pas parler dans le bidule qu'ils m'ont filé. De toute façon, je ne sais pas si je suis capable de dire quoi que ce soit de cohérent. Peut-être quelques borborygmes et une ou deux onomatopées grotesques et incompréhensibles. Autant de bruits et de jappements qui n'informeraient pas beaucoup mon garde du corps sur ma situation.

Alors je jette des regards désespérés par-dessus mon épaule, priant pour que mon protecteur intervienne et fasse encore plein de nœuds avec tous les membres du jeune gars. Mais ce dernier s'approche de mon oreille et me souffle méchamment :

— Te fatigue pas, ma grande, c'est mort. Ton balèze, là, y peut plus rien faire pour toi, on s'est déjà occupés de lui.

Une angoisse affreuse me serre immédiatement la gorge. Je ne peux plus compter sur Joe, c'est bien ça ? Je me retrouve seule avec un type armé qui m'entraîne je ne sais où. Moi qui ai toujours pris la vie, ses contraintes, ses surprises et ses aléas avec un recul prudent et une posture de cynisme distancié, je comprends brutalement que, cette fois-ci, je vais devoir faire face. Que ce ne sont pas quelques vannes qui vont me sortir de cette situation. Je crois que j'ai peur, la vraie peur, la grande peur. De celles qui vous tétanisent et vous envoient des frissons glacés, comme des décharges, tout le long du corps. Un effroi que je n'ai plus ressenti depuis l'enfance quand, tout au long de l'interminable couloir de la vieille maison de vacances de mes grands-parents, je me précipitais en pleine nuit vers les toilettes. Je courais comme une dératée en psalmodiant des prières comme autant de mantras censés me protéger des monstres, des sorcières, des lutins et autres farfadets vicieux cachés derrière les meubles et les lourdes tentures. Toutes ces affreuses créatures sanguinaires tapies dans l'ombre afin de mieux surprendre et occire sans remords les pauvres enfants à petite vessie.

Aujourd'hui, je ne suis plus une enfant et le farfadet vicieux, il se tient juste à côté de moi. Il sent très fort et me serre le bras avec insistance. Je peux entendre son souffle court marquer le tempo de nos pas, alors que nous nous dirigeons rapidement je ne sais où. À cet instant, je ne sais pas encore que je vais bientôt apprendre que les monstres des légendes et des contes sont souvent bien moins cruels que ceux qui peuplent ma sinistre réalité.

Chapitre 31

Marc

— Marc, Marc, c'est Rodolphe, je suis près de la bagnole, il y a un gros problème… Une collègue est en train de contrôler le 4 × 4 ! Je fais quoi, là ?

C'est une blague, Rodolphe, dis-moi que c'est juste une mauvaise blague. Le chauffeur n'est quand même pas assez stupide pour s'être garé sur une place handicapé.

— Merde, merde et merde ! Elle va tout faire foirer ! Il est mal garé ou quoi, cet abruti ? Qu'est-ce qu'elle fout là, cette flic, bordel… Il faut l'empêcher de continuer, Rodolphe, trouve vite un truc avant que ça ne tourne mal.

Je le connais bien, mon Rodolphe, il a de l'imagination et du sang-froid, je suis certain qu'il va nous trouver une solution. Il le faut à tout prix.

— Bon, OK, Marc. Je vais improviser un truc mais je suis pas certain pour la discrétion. Je pense que je vais lui faire le coup de la mobilisation d'urgence pour un machin bien grave. Elle devrait laisser tomber sa petite contravention. Mais je veux ton feu vert, Marc, je le veux bien clair et bien distinct, tu vois.

Petit malin, va ! On commence à se couvrir quand le ciel s'assombrit. Je ne peux pas vraiment lui en vouloir, après tout c'est mon opération et c'est moi qui en porte la responsabilité. Je l'envoie au front, il veut des ordres précis, sans ambiguïté. Ça sent un peu la bataille napoléonienne, alors je vais lui en donner, moi, à mon petit grognard, de la bonne grosse couverture.

— Tu as mon feu vert pour intervenir auprès de la collègue, Marc. Je veux qu'elle déguerpisse au plus vite et par tous les moyens. C'est bien compris, par tous les moyens.

Et s'il se mettait à paniquer, le François… Ça pourrait mal se terminer pour tout le monde. Il a sans doute un flingue et très certainement aucune envie de retourner en taule. Ces deux éléments-là peuvent former un cocktail explosif. J'en ai déjà eu des exemples sanglants, à plusieurs reprises. Mais je fais confiance au doigté de Rodolphe pour que les choses se passent en douceur. Pourtant, je ne peux m'empêcher de ressentir une affreuse angoisse au moment où je termine ma phrase. Je rajoute donc un dernier truc, de manière très égoïste et dans l'unique but de me réconforter. Une recommandation odieuse, que je ne supportais pas d'entendre dans la bouche de mes patrons quand j'étais en opération. Mais j'y vais pourtant de bon cœur sur un abominable ton paternaliste et protecteur :

— Fais gaffe, Rodolphe, il doit être à cran, notre bonhomme. Je compte sur toi pour faire preuve de la plus grande prudence. Et à la moindre tension, tu t'écartes et on appelle le fourgon. Je ne veux pas de casse.

C'est assez pitoyable et par-dessus tout inutile, puisque je sais qu'il connaît parfaitement bien son métier, qu'il tient à la vie et qu'il fera pour le mieux avec toute la prudence requise. Mais, que voulez-vous, on prépare toujours sa conscience à subir les assauts de la culpabilité, et ce par tous les moyens que nous offre notre petite nature humaine. Pourtant, cela ne suffira pas à soulager la mienne lorsque viendra l'heure sinistre du bilan.

Chapitre 32

François

La petite policière me regarde avec un air sévère puis m'assène d'un ton acerbe :

— Bonjour, monsieur, police nationale. Je vous signale que, comme vous êtes garé là, on ne voit pas correctement le feu de signalisation. Et puis, dites-moi, c'est une grosse voiture, ça, hein, pas vraiment faite pour la ville ?

Bon, je ne vais pas commencer avec elle l'éternelle discussion de comptoir sur le fléau du 4 × 4 en ville. Sur l'infâme abomination qu'il représente pour notre environnement et pour l'avenir de nos enfants. Sur les très méchants rejets de CO_2 de son gros moteur crasseux et sur les pulsions freudiennes qui poussent nécessairement les hommes à acheter ce genre de grosse bagnole. Je vais donc la jouer soft et garder profil bas.

— Désolé, madame, je ne m'en étais pas rendu compte. Mais je n'en ai pas pour longtemps, j'attends des amis. Ils doivent arriver d'une seconde à l'autre. Je vais reculer un petit peu et ça devrait aller, d'accord ?

Il faudrait mieux que tu le sois, ma grande, parce qu'il n'est pas question que je bouge de plus de quelques centimètres. Momo et le petit vont arriver avec la fille et le garde du corps d'une minute à l'autre, et je ne peux pas me permettre de faire un tour de pâté de maisons sous prétexte que tu fais du zèle.

— Non, non, monsieur, je vais vous demander de circuler parce que vous ne pourrez pas suffisamment reculer et que de toute façon vous allez encore gêner.

Aïe, aïe, aïe, mauvaise réponse ! Je ne peux pas bouger, tu comprends, je ne peux pas ! En désespoir de cause, je tente un dernier argument pour la faire fléchir.

— Mais j'attends une personne très âgée qui habite juste dans l'immeuble d'en face, madame. Elle a des difficultés pour se déplacer. J'ai bien peur que si je bouge la voiture, je ne trouve pas de place à proximité et la situation risque de devenir compliquée. Vous voyez, vous comprenez, n'est-ce pas ?

La flic me regarde fixement, elle réfléchit, pas très longtemps, puis me balance une réponse qui me terrasse :

— Bon, monsieur, je ne vais pas discuter avec vous, vous dégagez de cette place sinon je verbalise... Et pendant qu'on y est, veuillez me montrer les papiers du véhicule et puis votre permis de conduire, s'il vous plaît.

Là, je sens que nous allons droit dans le mur. Pour le permis de conduire, je peux encore faire quelque chose, mais pour les papiers ça risque d'être un peu compliqué. J'aurais dû partir quand elle me l'a demandé, merde ! Maintenant je suis coincé, et si je ne lui donne pas immédiatement ces foutus papiers, elle va appeler pour contrôler le numéro et on va lui signaler un beau véhicule volé. Je fais quoi maintenant, bordel ! Je ne vais tout de même pas l'embarquer de force dans la bagnole en la menaçant en pleine rue et en plein jour avec mon flingue ! L'idée m'effleure, bien entendu, mais elle est totalement irréaliste, comme le sont souvent celles qui vous viennent dans des situations désespérées. Je réfléchis à toute allure, je cherche fébrilement des arguments crédibles, des excuses plausibles. N'importe quoi susceptible de me tirer d'affaire, mais rien ne vient. Je suis sec, sec et ridicule. Je sais que, dans une seconde, elle va renouveler sa demande avec encore un peu plus d'insistance et que nous allons être, elle et moi, dans une situation très désagréable. À ce moment-là, le ciel s'ouvre et m'envoie son salut sous la forme décontractée d'un type d'une trentaine d'années, en jean et baskets, qui interpelle la policière en lui mettant sous le nez une carte bleu blanc rouge.

— Lieutenant Larauze, anti-terrorisme, on a un gros pépin au Louvre. On mobilise tous les agents disponibles dans le secteur. Vous vous y rendez tout de suite et on vous donnera des instructions une fois sur place.

Elle le regarde, incrédule, puis scrute avec attention sa carte tout en saisissant sa radio. Le jeune gars insiste alors avec énergie.

— Ho ! Vous avez compris ce que je viens de vous dire ou il faut que je vous le répète encore ! Vous allez immédiatement au Louvre, toutes affaires cessantes.

Si vous vous bougez pas tout de suite, vous allez en entendre parler, croyez-moi !

Maintenant, c'est moi qu'elle regarde avec sévérité. Elle me jette, dans un souffle :

— C'est bon pour cette fois, mais dégagez vite et que je ne vous revoie pas dans le quartier. Puis elle s'en va d'un air digne, avec une lenteur étudiée. Une forme de défi à l'ordre hiérarchique, à l'impérieuse instruction qui vient de lui être donnée en dépit de sa volonté pugnace de me faire subir un contrôle minutieux et vachard. Le type me salue puis s'en va comme il est arrivé, sorte de *deus ex machina* superbe dont l'intervention opportune vient de me sauver la mise.

Pourtant, seul au volant de mon mastodonte, le stress me quittant peu à peu, je me rends bien compte que cette intervention a quelque chose d'improbable. De factice et d'improbable. Il leur suffisait de lancer un message radio pour rameuter tout le monde. Si la situation est si grave, pourquoi ce type perd son temps avec elle, pourquoi n'est-il pas déjà là-bas avec les autres, pourquoi, pourquoi, pourquoi… ? Et la solution m'apparaît alors dans toute son évidente simplicité. S'il est intervenu c'est pour que notre opération puisse se poursuivre ! J'en déduis donc que je suis, que nous sommes tous surveillés et que ça pue terriblement la souricière. Il faut que j'agisse dès maintenant si je veux que l'on ait une toute petite chance de s'en sortir. Je saisis mon téléphone portable et compose fébrilement le numéro de Momo. Sur ce coup-là, il va falloir être créatif.

Chapitre 33

Momo

Encore deux, trois minutes et nous serons à la bagnole. J'ai hâte de voir ce gros tas de muscles enfermé dans la caisse, où il sera plus facile à gérer. Je le sens prêt à faire des conneries, et je suis obligé de lui coller le flingue de plus en plus fort dans le bas du dos pour le rappeler aux dures réalités de la situation. C'est à ce moment-là que mon portable se met à vibrer comme un bourdon enfermé dans un dé à coudre. J'appuie sur mon oreillette et je ne dis rien. J'attends, puis j'écoute.

— Momo, c'est François, il vient de m'arriver un truc bizarre. J'ai pas le temps de te raconter, mais je crois qu'on est cramés. Il faut changer de plan rapidement. Voilà ce que je propose, vous prenez le métro à Madeleine, ligne 14, la ligne automatique, vous descendez à Saint-Lazare, c'est le terminus. Vous ressortez par la gare, tu sors rue de Rome, je vous récupère là-bas et on trace. Moi, je bouge tout de suite… Je te laisse prévenir le petit con.

Sacré François ! Je fais quoi, moi, avec le taureau fou furieux à qui j'asticote les burnes depuis cinq minutes. Bon, j'ai pas le choix, donc on va faire une promenade en métro. Ça va être simple, encore, de gérer ce mec entre les tourniquets et au beau milieu de la cohue. Mais si François a senti un truc… c'est qu'il doit y avoir un problème. Il a de l'instinct pour ce genre de choses. Je pousse alors mon protégé.

— Petit changement de programme, on va prendre le métro. Au fait, j'hésiterai pas à te coller une dragée même dans la rame, mon pote, alors je te conseille de rester bien tranquille pendant la balade.

J'appelle Ben immédiatement pour l'informer du changement de programme.

— Ouais, petit… (J'ai failli dire petit con.) On change le plan, direction le métro, la ligne 14 à Madeleine et tu descends à Saint-Lazare, tu prends la sortie rue de Rome par la gare. François nous attend là-bas… Mais je m'en fous que tu voies déjà le 4 × 4, tu t'en approches pas, tu fais ce que j'ai dit, c'est tout !

Je pousse maintenant le garde du corps vers la bouche de métro. Ben et la fille doivent être devant nous. J'espère qu'il me reste quelques tickets de métro dans les poches, je me vois mal aller en acheter avec ce mec collé à moi. On va y arriver, ça va le faire… J'ai très envie d'être dans le 4 × 4 avec les autres, je la sens très moyennement, la promenade en métro. Je vois bien que le garde du corps est à l'affût, il me jette des coups d'œil furtifs et j'ai l'impression qu'il va tenter un truc. Il faut que je le calme un peu sinon ça va devenir l'enfer.

— Je préfère te prévenir, au cas où il te viendrait des idées un peu héroïques. On tient déjà la nana, elle est avec un de mes potes. Alors ce que tu pourrais tenter, les trucs qui te traversent l'esprit juste en ce moment, tu les oublies parce que tu ne peux plus rien faire pour elle. Tout ce que tu risques, c'est d'aggraver ta situation et celle de la fille. Nous, on veut pas de violence, tu vois, tu restes calme et tout se passera bien pour tout le monde.

Il ne me répond pas, mais ce n'est pas pour ça qu'il est d'accord. Enfin j'espère que la nouvelle que je viens de lui asséner concernant sa petite protégée va le calmer. Après tout, quand on vient d'apprendre que la personne, qu'on devait absolument protéger, avec sa précieuse cargaison, est tombée entre les mains des affreux méchants qu'on était précisément censé écarter… ça doit calmer, non ? Remarque, il y a des gens que les embûches et les mauvaises nouvelles renforcent et motivent de plus belle. Espérons qu'il fasse partie de l'autre catégorie, la plus nombreuse, celle que la défaite anéantit. De toute façon, j'ai déjà décidé que, pour ce type, l'aventure devra s'arrêter au plus tôt.

Chapitre 34

Marc

— Rodolphe pour Marc, Rodolphe pour Marc ! La voiture se barre, il se casse, on fait quoi ?!

Comment ça, il se casse ? Et les autres, il ne les attend pas ? Merde, il a dû se douter de quelque chose. Forcément, aussi habile qu'ait pu être Rodolphe sur ce coup-là, ça a dû sentir l'intervention miraculeuse. Au même moment, je vois le jeune type et Emma changer de direction, juste devant moi. Ils ne vont plus vers la voiture, ils se dirigent tout droit vers le métro.

— Marie, attention, changement de programme, ils vont prendre le métro, à Madeleine, très certainement. Tu continues à les filer. On n'intervient pas encore. Ils vont bien tous se retrouver à une station.

Sauf qu'à Madeleine, il y a trois lignes qui se croisent et que ça risque d'être compliqué pour les filer. Deux minutes plus tard, Emma et le jeune Ben s'engouffrent dans la bouche de métro.

— Rodolphe, tu reprends ton scooter fissa et tu suis le 4 × 4, tu me dis vers où il se dirige, ce qu'il fait, où il va, à quelle vitesse. Ça va nous aider à savoir quelle ligne ils vont prendre. Tu informes le fourgon aussi, pour qu'il te suive... discrètement si possible.

Qu'ils n'aillent surtout pas nous mettre la sirène, le gyrophare et tout le tintouin, c'est déjà suffisamment compliqué comme ça. Je descends rapidement dans la station de métro. Ben et Emma sont à quelques mètres devant moi, ils se dirigent vers la ligne 14. Coup de bol, c'est la ligne automatique, et le prochain arrêt, c'est le terminus, Saint-Lazare. On va pouvoir s'organiser un peu, ça va nous changer.

— À tous, c'est Marc, ils se dirigent vers Saint-Lazare. Rodolphe, c'est Saint-Lazare, c'est là-bas qu'il va avec son 4 × 4. Marie, tu continues, tu suis toujours Bartozzi, à distance raisonnable.

Je suis sur le quai et le panneau d'affichage indique quatre minutes avant l'arrivée du prochain train. Les deux autres vont sûrement se pointer avant que cette foutue rame n'arrive et ça promet d'être un beau bordel. Malgré l'heure, une foule dense attend l'arrivée du métro. La jeune fille, Emma, semble sous le choc, elle a le regard vide, absent. Elle est très pâle, et elle serre son sac avec un air désespéré. À regarder de plus près son agresseur, je comprends parfaitement son inquiétude. Le jeune type a le regard sournois du taré complet, il lui chuchote des trucs à l'oreille et affiche un sourire qu'il voudrait complice mais qui ne fait qu'aggraver son allure déjantée. Je me dis que je pourrais peut-être le serrer ici, dès maintenant. Mais il y a trop de monde sur le quai et je ne veux pas prendre le moindre risque avec ce genre de mec. Il m'a l'air parfaitement capable de sortir son flingue et de commencer à tirer au beau milieu de la foule sans aucun état d'âme. J'ai une sorte d'instinct pour ce genre de chose, un instinct pour le pire.

Les autres devaient vraiment être juste derrière moi, car le garde du corps et Maurice Bartozzi viennent de se pointer sur le quai. Ils se tiennent raisonnablement éloignés de Ben, qui ne trouve rien de mieux à faire que d'adresser un petit signe imbécile à Bartozzi qui l'ignore totalement. Le métro arrive dans deux minutes, deux minutes encore à attendre, deux minutes qui vont être les plus denses et les plus misérables de toute ma pauvre petite carrière.

Chapitre 35

Joe

Quelque chose cloche dans leur plan. Juste après le coup de fil, mon nouveau pote me dit que l'on va prendre le métro. Et je sais bien que lorsque ce type d'opération commence à merder, en général ça va pas en s'arrangeant. Moi, je crois que plus nous aurons d'imprévus, plus nombreuses seront les occasions de me sortir de ce guêpier. Pour l'instant, je ne peux et ne veux rien faire. Je le sens déterminé, le type, là, derrière moi. Froid et déterminé. Alors que nous avançons tous les deux et que nous nous engouffrons dans la bouche de métro, il croit nécessaire de m'annoncer qu'ils détiennent Emma et que ce n'est pas la peine de jouer les héros. Bien sûr, je m'en doutais déjà. C'est pas à moi qu'ils en veulent, de toute façon. En matière de bijoux, je possède une pauvre Swatch et une gourmette qui doit péniblement atteindre les cent euros quand le cours de l'argent est au plus haut. J'imagine Emma aux prises avec un des malfrats, et je prie pour qu'elle sache, au moins cette fois, tenir sa langue. Mais je sais que notre première altercation avec les mômes devrait l'inciter à la prudence et, pourquoi pas, au mutisme. Parce que j'ai bien l'impression que sur ce coup-là, on ne joue pas tout à fait dans la même cour. Le type qui tient son flingue plaqué entre mes omoplates me semble être tout ce qu'il y a de plus sérieux.

Il me parle doucement, sa voix est calme et portée par des accents de sincérité menaçants qui m'incitent à la plus grande prudence. Je ne peux pas prendre le risque de tenter quoi que ce soit tant que je ne sais pas où se trouve Emma et vers quel endroit nous nous dirigeons. Il a parlé de prendre le métro, mais je me doute bien qu'on va finir par monter dans une bagnole. Je suis pas mauvais en combat rapproché. En plus, la perspective de me retrouver avec des types armés dans un espace confiné me va plutôt bien. Bon, c'est vrai, vu ma corpulence, je suis une cible facile à l'arrière d'une voiture, mais je sais aussi que les mouvements sont entravés dans un aussi petit espace et que l'effet de surprise, ajouté au stress, peut jouer en ma faveur. J'attends donc la suite des événements en décidant de rester calme jusqu'à ce que je puisse y voir plus clair.

Nous franchissons les portiques automatiques du métro, ce qui est une sorte d'exploit vu que nous sommes obligés de ne faire qu'un au moment où les battants s'ouvrent. Et ne faire qu'un avec un mec comme moi qui fait déjà deux… C'est donc presque à trois que nous franchissons ces barrières. Pour cela, mon nouveau camarade a une méthode radicale. Dès que les portes s'ouvrent, il se colle à moi et dans une violente poussée propulse nos carcasses de l'autre côté. La manœuvre provoque quelques regards amusés mais malheureusement pas les foudres des contrôleurs, absents.

Lorsque nous arrivons sur le quai, il y a foule. Apparemment, la belle rame automatique a connu un petit pépin technique et les passagers se sont peu à peu amassés sur le quai, en grappes. Une annonce nous apprend que tout est rentré dans l'ordre… Dommage. Je cherche du regard Emma, ne sachant pas vraiment s'ils ont pris le même chemin que nous. Je scrute les visages, recherche une silhouette et, au bout de quelques instants, je l'aperçois au milieu du quai. Un jeune type déguisé en touriste de cinéma la serre de près et lui parle dans l'oreille. Emma a le regard vide, elle semble terrorisée. L'ovale blanc de son visage exsangue ressort comme une drôle de petite lune au-dessus de l'étendue rouge framboise de son tee-shirt. J'essaie de capter son regard mais elle ne voit rien. En revanche, son ravisseur scrute les alentours. Il ne cesse de lui parler et, en même temps, jette des regards furtifs partout sur le quai. Il n'a pas l'air tranquille, le petit gars. Ça ne m'étonnerait pas que ce soit son premier gros coup. Il a l'air de tout juste redescendre d'un mauvais trip sous acide. Soudain, son regard se fixe dans notre direction. On peut lire d'abord une sorte de soulagement sur son visage, puis il adresse un rapide signe de tête à mon ravisseur qui chuchote alors : « Quel con… », sans lui faire la moindre réponse. Mais le regard du petit se durcit soudain, il semble se porter juste derrière nous. Je me retourne brièvement et je distingue, à quelques pas, trois ou quatre personnes dont une femme brune et un vieux couple aux cheveux blancs. Lorsque je regarde à nouveau dans la direction d'Emma, je vois le jeune type la saisir par le bras avec rudesse et se précipiter vers nous. Il traverse la moitié du quai, bousculant les badauds en traînant Emma derrière lui. Lorsqu'il arrive à notre hauteur, il écarte mon nouveau compagnon, sort son flingue et se met à beugler sur la femme brune qui se tenait devant nous.

— Salope, je te connais, toi, t'es un flic. C'est un flic, les mecs ! Un putain de flic !

Les deux vieux retrouvent soudain leurs jambes de vingt ans et s'éloignent rapidement en poussant de petits cris outragés. Les autres passagers qui attendaient avec nous le métro et qui sont assez proches pour comprendre ce qui est en train de se passer s'éloignent eux aussi rapidement. J'en vois un saisir son téléphone portable, alors qu'une autre remonte précipitamment l'escalier qui mène à la sortie. J'espère qu'ils pourront prévenir la police, nous envoyer des secours, mais je n'y crois pas. La prochaine rame vient d'être annoncée dans une minute et la foule se rapproche du quai. Je regarde la jeune femme brune au moment précis où mon nouvel ami, le roi du passage en force des barrières de métro, saisit dans la poche du blouson de cette fille une arme et une carte tricolore. Il se tourne vers le jeune type et moi, alors que la rame arrive dans la station.

— Quand les portes s'ouvrent, on monte et on fait pas d'histoires. (Puis, il se retourne vers le jeune gars.) Ben, tu neutralises la flic, tout de suite ! On se casse !

La femme flic reste calme, elle n'esquisse pas même un geste, n'oppose pas de résistance. J'ai l'impression un instant qu'elle regarde au-dessus de mon épaule et qu'elle cherche quelqu'un. Je ne pense pas qu'elle ait vraiment peur, je ne pense pas qu'elle puisse s'imaginer une seule seconde ce qui va lui arriver. Je ne pense pas qu'elle ait su ce qui allait se passer. Jusqu'au moment où elle a senti l'arme du jeune type contre son ventre. Jusqu'à l'instant où la balle lui a déchiré l'abdomen.

Chapitre 36

Rodolphe

J'ai couru comme un dératé pour aller chercher mon scooter. Marc m'a dit qu'il devait aller à Saint-Lazare. OK, c'est déjà pas mal mais je préfère avoir le 4 × 4 bien en vue au cas où ils voudraient à nouveau changer leur plan. Je passe un rapide appel radio au car de police qui doit nous couvrir.

— Lieutenant Larauze pour la brigade. Je vais suivre le 4 × 4, vous vous rendez gare Saint-Lazare et vous attendez les instructions. On va les serrer là-bas.

J'ai finalement réussi à recoller au tank de François en bas de la rue Cambon, juste avant que nous nous engagions sur la rue de Rivoli. Il conduit plutôt tranquillement, mais peut-être est-ce la taille imposante de son véhicule qui lui donne ces allures calmes de sénateur repu. La circulation est dense et étouffante. Est-ce bien la peine de le préciser quand on se trouve au cœur de Paris ? Comme d'habitude, c'est la foire d'empoigne et le concert de klaxons sur la place de la Concorde, où seul l'obélisque de Louxor, fier et inflexible, reste indifférent à cette bruyante agitation. Je me faufile entre les bagnoles et je maintiens une distance confortable entre la voiture et moi. Je ne distingue pas le conducteur, caché derrière ses vitres teintées. Je me tiens presque au niveau des portières avant, jouant précautionneusement au chat et à la souris avec un mastodonte qui semble indifférent à mes petites manœuvres de moustique. Au moment où nous contournons la Madeleine, le feu passe à l'orange et les choses se gâtent. Alors que depuis cinq minutes François roulait plutôt calmement, il se met soudain à accélérer pour franchir le feu avant qu'il ne soit rouge. L'imposante bagnole fait un bond inattendu et me met plus de cent mètres dans la vue en moins de deux secondes. Je fais ce que je peux pour passer moi aussi, mais mon pauvre scooter ne fait pas le poids. Et je franchis bien trop vite le carrefour alors que le feu est déjà d'un beau rouge vif depuis bien trop longtemps.

Je ne peux rien faire pour éviter le taxi qui arrive sur ma droite. Il faut croire que lui non plus. Le choc est brutal, le bruit, surtout, est impressionnant. Je suis projeté à plus de dix mètres de mon scooter et, pendant quelques instants qui me semblent une éternité, je me prends pour un oiseau. Un volatile pas très gracieux. Ni aigle royal, ni hirondelle agile, plutôt une sorte de vieux pigeon obèse et typiquement citadin, du genre souffreteux, paralytique et déplumé. L'envol est lourd, le vol approximatif et l'atterrissage désastreux. Je tombe au milieu de la chaussée, éparpillant aux alentours le contenu de mes poches. Une dame très élégante qui sortait de chez Fauchon en lâche son sac, répandant à son tour mignardises et confiseries sur le trottoir. J'aperçois près de moi un morceau de mon téléphone portable ; un peu plus loin, ce doit être mes clefs… Après quelques instants de lourde hébétude, je réagis, très lentement. Je bouge d'abord mes jambes, ça a l'air d'aller. La droite, puis la gauche. Je remonte en suivant avec prudence ma petite checklist corporelle. Les doigts de ma main droite, puis le poignet, le bras… C'est bon. Pour la main gauche, c'est plus difficile, et lorsque j'essaye de bouger le bras, j'entends, juste avant de ressentir une vive douleur, un crissement sinistre et caractéristique. Le bras est pété, ou bien c'est la clavicule, ça ne change pas grand-chose. De toute façon je suis HS. Merde, c'est jamais vraiment le moment mais là, c'est la grosse tuile. Mon téléphone est mort et je ne trouve plus ma radio. Le chauffeur de taxi est sorti de sa voiture et s'avance vers moi, complètement paniqué.

— Monsieur, monsieur, ça va !? Je vous ai pas vu, hein, j'ai rien vu ! Vous avez grillé le feu, non ? Hein, vous avez grillé le feu ! Faut pas faire ça, monsieur, faut pas me faire ça ! On va appeler les flics, je crois… obligés. Et puis aussi les pompiers, normal, ça va aller… Vous avez mal, non !?

Je me redresse un peu sur le côté et je regarde le conducteur du taxi. C'est un petit bonhomme, la cinquantaine fatiguée, usée. Il a l'air inquiet, mais je ne sais pas si c'est pour moi ou pour sa licence. Alors je tente de le rassurer.

— C'est bon, tout va bien, je suis flic. Oui, j'ai grillé le feu mais on fera un constat plus tard. J'ai besoin d'appeler tout de suite un de mes collègues, vous avez un portable ?

Il me regarde comme s'il venait d'écraser le pape ou, tout du moins, un de ses évêques.

— C'est pas vrai, merde. C'est la première fois en trente ans que je renverse un scooter et faut que ce soit un flic. Sauf vot' respect, hein, avec vous, c'est toujours pour notre gueule, alors bon, faut me faire un papier, tout de suite ! Faut le dire que vous avez grillé le feu et tout ! Faut tout écrire.

Je ne dois pas m'énerver, rester calme et lucide.

— Tout ce que vous voulez. Je signerai ce que vous voulez, mais filez-moi votre portable, c'est urgent, j'ai absolument besoin de téléphoner, vite.

Je commence à me sentir schlass. J'ai envie de vomir, j'ai très froid et la tête qui tourne. Il faut que je téléphone avant de tomber dans les vapes. La gare Saint-Lazare, c'est vaste. Si je ne peux plus suivre le 4 × 4, il va falloir des renforts, d'autres flics. Le chauffeur de taxi me tend son portable. Je compose fébrilement le numéro de Marc et, évidemment, je tombe sur la messagerie. Ils doivent être dans la rame du métro… Je vais contacter le commissariat, il faut prévenir le car, il faut que les autres sachent… Je commence à faire le numéro, mais les chiffres se brouillent, mes doigts se mettent à trembler et je lâche le téléphone avant de tomber dans les pommes. Juste avant de sombrer, j'ai encore le temps d'entendre le chauffeur de taxi beugler :

— Mon papier, mon papier, bordel ! T'as rien signé, merde, ça va être pour ma poire…

Chapitre 37

Marie

C'est trop bête. Moi qui voulais vraiment faire mes preuves sur ce coup-là. Gagner le respect de Marc, même si je savais que j'avais déjà sa confiance. Tout allait bien, pourtant, jusque-là, j'avais filé le garde du corps tranquillement jusqu'au moment où Bartozzi lui avait mis le grappin dessus. Pas facile à manœuvrer, un type de près de deux mètres et de plus de cent kilos, pas vrai, Maurice ? Mais il s'en est quand même sorti, le vieux malfrat. J'ai surtout admiré la technique qu'il a employée pour passer les barrières automatiques du métro. Une sorte de rapprochement presque sensuel juste avant une brusque poussée pour que ces deux grandes carcasses franchissent le portique. Basique, brutal mais efficace, du Bartozzi, quoi. Ils ont atteint le quai sans encombre et je les ai suivis assez facilement. Comme il y avait beaucoup de monde dans le métro, je n'ai eu aucun mal à me faire discrète. Arrivée sur le quai de la ligne 14, direction Saint-Lazare, je me suis positionnée quelques mètres derrière eux, à côté d'un couple de vieux. Un mignon petit couple, un peu rabougri, un vieil homme et une vieille femme qui ont fini par se ressembler comme frère et sœur après tant d'années passées ensemble. Mêmes attitudes, mêmes rides, mêmes cheveux blancs. Mais leurs regards l'un pour l'autre, leurs sourires, la tendresse qui émane du duo ne laissent pas de place au doute : ces deux-là sont mari et femme.

J'ai repéré Marc en arrivant sur le quai, il m'a vue aussi, j'en suis certaine, même si rien dans son attitude ne l'a laissé transparaître. Je regarde maintenant mes deux cibles. Le garde du corps, Joe, semble tendu mais pas vraiment nerveux. Il doit être aux aguets, attendant le moment propice pour agir. Agir, c'est son boulot, faire quelque chose, utiliser toute cette barbaque, cette montagne de muscles pour modifier le cours des choses. J'aperçois Emma, plus loin, au milieu du quai, serrée par un jeune gars agité. Un type à l'air halluciné, qui jette des regards un peu fous à droite et à gauche, scrutant les visages avec une vilaine grimace un peu inquiétante. Soudain son regard s'arrête… sur moi ! Il me fixe droit dans les yeux avec une agressivité incroyable, puis se précipite vers nous en traînant Emma sans ménagement. En fait, il se dirige vers moi. À peine arrivé à ma hauteur, il se met à crier qu'il me connaît, que je suis flic, que « tout va foirer ». Je reste calme malgré son flingue braqué sur moi, comme ça, devant tout le monde, même si je le sens au bord de la crise de nerfs. Bartozzi s'approche alors de moi et se saisit avec rapidité de mon arme de service et de mon portefeuille d'où il sort ma carte de police. Pour être cramée, je suis bien cramée. Je regarde Marc, qui se rapproche prudemment, il a mis sa main dans son blouson et je sais qu'il a saisi son arme. Mais je sais aussi qu'il ne peut rien faire. Il y a trop de monde, trop de tension dans le regard du jeune mec qui me braque, trop de risque pour moi, pour Emma, pour les passagers. La rame de métro s'engouffre tout à coup dans la station, mais il ne fait pas beaucoup de bruit, pas suffisamment en tout cas pour que je n'entende pas la dernière phrase de Maurice Bartozzi à l'intention du gamin :

— Neutralise la flic, on se casse.

Les portes s'ouvrent, les voyageurs descendent. Nous sommes un peu bousculés et le jeune type au regard de fou se colle contre moi. Je peux sentir le canon de son arme contre mon ventre, je sens son odeur. Je ne crois pas qu'il va tirer, même quand je vois ses yeux me fixer, même quand une sorte de sourire mauvais traverse son visage, même quand j'entends la détonation qui éclate contre mon ventre.

Au moment où je ressens le choc de l'impact puis la brûlure de la balle, mes dernières pensées lucides vont à mon fiancé, Yann. Pauvre Yann, tu avais mis tant de temps à me séduire, tu avais fait tant d'efforts pour m'expliquer que tu accepterais sans problème les contraintes de mon boulot de flic. Les absences, les imprévus, la violence. Je n'avais pas voulu te dire « oui » parce que j'avais vu autour de moi trop de couples exploser en vol, des collègues hommes ou femmes s'effondrer en larmes devant le spectacle navrant d'une famille déchirée par le divorce. Un divorce souvent prononcé aux torts du policier dont l'emploi du temps plus qu'aléatoire et la disponibilité familiale fragile font le bonheur des avocats des épouses, ou plus rarement des maris. Ces conjoints fatigués, lassés des planques et des flags, qui demandent la séparation, vaincus par la rudesse du métier. Mais tu m'avais tout de même convaincue et la petite bague sans prétention que tu m'avais offerte dans une trattoria pas terrible avait fini par faire tomber mes dernières réticences. Pourtant, nous n'irons pas à Venise, Yann, tu ne m'emmèneras pas le faire, ce tour de gondole dans les canaux enchanteurs de la ville-musée, ce tour qui pour toi représentait le summum du romantisme classique, l'absolu amoureux. Je n'irai pas avec toi, Yann, je le vois, je le sais… Je n'espère plus qu'une chose au moment où je sens que la vie m'abandonne. J'espère que tu emmèneras un jour une autre que moi dans ta foutue gondole.

Chapitre 38

Marc

Marie apparaît enfin au bas de l'escalier, elle comprend immédiatement la situation et va se positionner derrière Bartozzi et le garde du corps, qui l'ont précédée de quelques secondes. Je sais qu'elle m'a vu, mais je ne veux pas quitter le petit et la fille des yeux. Ils sont peut-être à cent mètres à peine des autres, au beau milieu du quai. Plus je regarde Ben, et plus je me dis qu'il aurait mieux fait de rester à grenouiller au milieu de ses petits trafics et de ses vols de scooters. Je comprends, aux vilains tics nerveux qui agitent son visage et au sourire factice et figé qu'il affiche avec une ardeur imbécile, qu'il est totalement dépassé par l'ampleur du coup.

Il ne reste plus que deux minutes avant l'arrivée du métro. Et ce sont ces cent vingt dernières secondes que Ben choisit pour craquer définitivement. Je ne sais pas encore ce qui déclenche le mouvement, alors qu'il saisit brutalement le bras d'Emma et se dirige à grands pas vers Bartozzi. Une fois sur eux, il contourne le garde du corps, écarte un peu Momo et sort son flingue en hurlant :

— Salope, je te connais, toi, t'es un flic. C'est un flic, les mecs ! Un putain de flic !

Je dégaine à mon tour mon arme tout en essayant de trouver un angle de tir. Ben menace Marie, qui a levé les mains.

— C'est un flic, Momo, je la connais, je te dis ! Je l'ai vue une fois que j'étais en garde à vue... On est grillés, *man*, on est grillés, c'est sûr ! C'est mort, *man*, c'est mort !

Sans paniquer, Bartozzi intime à Ben l'ordre de se taire. Il prend l'arme de Marie dans son holster et sort avec délicatesse la carte de police de la poche de son blouson. Je me suis rapproché et me trouve peut-être à vingt mètres d'eux, mais je n'ose pas intervenir, pas encore. Il y a trop de monde sur le quai et je ne veux pas déclencher un mouvement de panique. Le garde du corps n'a pas bougé et j'espère qu'il aura la présence d'esprit de ne rien tenter. Le métro arrive et les voyageurs se pressent immédiatement vers les portes vitrées automatiques. Tous sont restés indifférents ou presque au cinéma de Ben. Seuls les plus proches se sont sensiblement éloignés de la scène. La vue d'une arme les a sans doute dissuadés de rester plus longtemps dans un environnement devenu soudain trop hostile. Certains d'entre eux quittent la station. J'espère qu'ils auront la présence d'esprit de prévenir des collègues, mais j'en doute. Je ne vois plus très bien Marie, lorsque la foule s'amasse en bordure du quai, au moment où la rame entre dans la station, glissant, impérieuse et sifflante, dans son tunnel de verre.

Je commence à flipper, car les portes du métro se sont ouvertes, et les gens qui en sortent se mêlent à ceux qui tentent d'y entrer dans une sorte de ballet grotesque et désordonné, ajoutant encore à ma confusion. Un cri provient alors de l'endroit où se trouve Marie. Je me précipite, écartant violemment les passagers. Je découvre une scène de cauchemar. Marie est étendue sur le sol, une flaque de sang s'élargissant à vue d'œil autour d'elle. Bartozzi et les autres ont disparu. Je me penche vers Marie, inconsciente, et je commence à lui parler, à lui dire de tenir bon, que les secours sont en route, n'importe quoi pourvu que je garde le contact. Je panique complètement. Cette affaire est en train de devenir un véritable enfer, mes mains sont couvertes de sang et, au moment où je me retourne vers la rame du métro dont les portes se sont refermées, je distingue parfaitement le visage de Ben à travers les grands espaces vitrés, son regard halluciné fixé sur moi. Maurice Bartozzi est en train de lui dire quelque chose, tandis que le jeune type ne se départit pas de son sourire grotesque et terrifiant.

Il me fixe encore et je pointe mon arme vers lui dans une tentative pitoyable d'intimidation, comme si ce geste pouvait arrêter la masse monstrueuse du métro qui s'éloigne de plus en plus rapidement. Je crois voir Ben esquisser un petit signe d'adieu juste avant que la rame ne s'enfonce dans le sombre tunnel. Je suis agenouillé sur le quai, Marie se vide de son sang et je hurle comme un damné, je demande des secours, de l'aide. J'agite ma carte de police comme une ridicule et inutile baguette magique. Mais aucune fée, aucun mage, aucun sortilège ne pourra me sortir de ce cauchemar.

Chapitre 39

Emma

Je suis pétrifiée. Alors que nous attendions la rame, mon ravisseur m'a saisi le bras et s'est précipité vers un petit groupe figé à l'autre bout du quai, près des escaliers. Je reconnais tout de suite Joe, et une immense vague d'espoir me submerge. Au regard sombre qu'il me lance, je comprends tout de suite qu'il n'est pas en situation de m'apporter de l'aide. Le jeune type pousse alors mon garde du corps et écarte un troisième homme, qu'il semble connaître, pour se jeter brutalement sur la jeune femme qui se tenait en retrait derrière le petit groupe. Il me laisse seule et, à cet instant, je sors un peu de mon abattement pour me dire que si je dois tenter un plan basket, c'est le moment ou jamais. Mais le regard que me lance le type plus âgé et la manière menaçante qu'il a de me fixer en secouant la tête de droite à gauche me paralysent. Même Joe, ce bon vieux Joe, semble incapable de faire quoi que ce soit pour me sortir de là.

Le jeune déjanté se met à invectiver la femme, il pointe son arme sur elle. Les gens autour de nous, ceux qui se sont aperçus de quelque chose, s'éloignent rapidement et préfèrent ignorer le drame. Je ne leur jette pas la pierre, je suis certaine que j'aurais fait la même chose. La jeune femme tente de répondre mais le vieux type lui intime l'ordre de se taire et, ouvrant le blouson de la fille, saisit une arme ! Encore une ! C'est la première fois que j'en vois autant. La seule que j'avais pu voir jusqu'à présent, c'était un vieux fusil de chasse qui traînait dans la maison de mes grands-parents. Enfin, il ne traînait pas vraiment, mais nous avions découvert, mes cousins et moi, dans quel endroit notre grand-père le planquait. Je me rappelle assez peu l'arme, si ce n'est peut-être de son poids considérable, alourdi encore par le souvenir qu'en gardaient mes petits bras d'enfant. En revanche la rouste que nous avions reçue quand nos parents nous avaient surpris en train de jouer aux lapins et au chasseur, elle, est parfaitement nette dans ma mémoire. Pour le moment, je sais que les armes sont chargées, qu'elles fonctionnent parfaitement et qu'en fait de lapins, nous représentons, Joe, la jeune femme et moi, de parfaits civets. Le type plus âgé sort encore du blouson une carte tricolore qui achève de valider la théorie de mon ravisseur qui, lui, est de plus en plus excité.

Il agite son flingue devant la jeune femme qui ne bronche pas mais qui regarde sur sa droite, semblant chercher quelqu'un. C'est à ce moment précis que le métro arrive. Le type plus âgé se tourne vers nous et dit brutalement :

— Quand les portes s'ouvrent, on monte et on fait pas d'histoires. Ben tu neutralises la flic, on se casse !

Je ne sais pas si mon ravisseur a bien compris ce qu'on vient de lui dire, si, dans son agitation insensée, il maîtrise parfaitement ses gestes. Il presse son arme contre le ventre de la jeune femme et j'entends une sourde détonation, un drôle de petit « plop » quasiment couvert par le bruit de la rame. La fille s'écroule sur le sol au moment même où les portes s'ouvrent. Bravant alors le flot des gens qui s'en échappe, nous nous précipitons tant bien que mal à l'intérieur de la rame. Le jeune type m'a de nouveau saisi le bras et il me pousse en me murmurant :

— T'as vu, t'as bien vu comment je l'ai butée ! Voilà ce qui va t'arriver si tu te tiens pas tranquille !

Dès que nous sommes à l'intérieur, le plus âgé des deux, celui qui doit être le chef, se met à invectiver mezza-voce le jeune homme :

— Ferme ta gueule, maintenant ! Qu'est-ce que tu fous ?! Pourquoi tu l'as butée, je t'ai dit de la neutraliser, pas de la descendre. Tu pouvais pas juste l'assommer, non ? T'es complètement braque, complètement cramé, merde !

Ben ne dit rien, il regarde par la vitre le corps allongé de la fille sur lequel se penche un mec en blouson de cuir. Alors que nous démarrons lentement, l'homme, l'air totalement bouleversé, sort un flingue et le braque sur nous avant de laisser retomber son bras. Au moment où nous entrons dans le tunnel, le jeune Ben est en train d'adresser un signe de la main, comme un adieu ironique et cruel, au type du quai. Je ne sais pas s'il est complètement cramé ou définitivement braque, mais une chose est certaine, il est juste ailleurs. Et dans un drôle d'endroit pas chouette à mon avis, vu la tête qu'il a quand il se retourne vers nous.

— Qu'est-ce qu'on en a à foutre, Momo, c'était un flic, non… Assommée ou morte, je la vois pas la différence. Elle viendra plus nous emmerder, c'est tout.

Momo le regarde d'un air grave, puis me désigne du doigt et assène froidement :

— La différence entre un flic mort et un flic assommé, mon grand, tu la verras aux assises et je te promets qu'elle va te sauter aux yeux. En attendant, occupe-toi de la fille, j'ai suffisamment à faire avec le garde du corps. Occupe-t'en bien… Et sans la tuer, si possible. De toute façon, on arrive, si le quai n'est pas bondé de flics, on aura de la chance.

À la station suivante, non seulement je ne vois pas un seul flic sur le quai, mais en plus celui-ci est rempli d'une foule totalement étrangère au drame qui s'est joué à une station d'écart. Évidemment, en deux minutes, les flics n'ont pas pu être prévenus. Je suis morte de peur. Depuis le début, le jeune Ben me terrifie et confirme toutes mes inquiétudes. Mais l'autre, là, le plus âgé, Momo, il a eu une réaction froide et analytique, une colère glacée et silencieuse, autant d'indices qui sont à mon avis le signe qu'il est habitué à vivre ce genre de situation. Et il y a toutes ces armes, et puis la fille aussi, celle qui baigne dans son sang, là-bas, sur le quai. Et puis moi, au milieu de ces dangereux malades, avec mon sac à dos rempli de bijoux. Comment en arrive-t-on là, vous pouvez me le dire ? Comment ai-je pu être assez naïve pour croire que cette garce de Camille pouvait me mettre sur un bon plan ? Quand je pense qu'elle a osé me dire que ce serait facile, qu'ils m'ont tous dit que ce serait facile… Salauds !

Chapitre 40

François

Je suis garé devant la petite sortie de la rue de Rome, gare Saint-Lazare, comme convenu. En fait, je stationne à cheval sur le trottoir et la voie de bus, priant le Seigneur de n'importe quelle religion, pourvu qu'il soit assez bienveillant, pour que ni la RATP, ni la maréchaussée ne viennent percuter mes plans et ma bagnole. Un bus est déjà passé, et j'ai eu droit à un vigoureux coup de klaxon, une sorte de trompe monstrueuse qui m'a fait bondir sur mon siège. J'ai réprimé l'envie de baisser ma vitre pour adresser au chauffeur un geste obscène. Maintenant j'attends, je scrute avec inquiétude le quai de la gare, le trottoir, la rue, tous les endroits d'où peuvent surgir d'un instant à l'autre mes complices, mes victimes… Ou peut-être une horde de flics… au choix.

Je suis à nouveau submergé par la folle envie de sortir de cette voiture, de laisser les clefs sur le tableau de bord et de rentrer tout simplement chez moi. Je suis partagé entre deux peurs. D'abord celle qui me scie le bas-ventre, qui me hurle de me barrer tant qu'il en est encore temps. Et puis il y a l'autre peur, plus sourde, plus pernicieuse, celle, sournoise, qui me chuchote que si je laisse tomber maintenant, Momo trouvera bien un moyen de me retrouver pour rediscuter avec moi de la notion d'engagement et de confiance. Finalement, tout aussi puissantes l'une que l'autre, ces deux peurs me paralysent et m'astreignent à rester dans la voiture et à scruter la foule dans mes rétroviseurs, comme un damné. Et puis soudain, je les vois.

Ils arrivent en hâte, Momo puis Ben, chacun poussant ou tirant la fille et le garde du corps, sans plus vraiment se donner la peine de simuler une franche camaraderie ou une simple balade romantique. Je distingue même l'arme de Momo, qui sert d'aiguillon au corps massif du *bodyguard*. Je lis sur le visage de la jeune fille la douleur que lui inflige Ben en la tirant violemment par le bras et toute la détresse de sa situation. C'est Momo qui ouvre en premier la portière passager.

— Il faut qu'on se tire, François, et vite. Très vite ! Ben, tu montes devant, je vais derrière avec les deux autres… Allez vite, on se casse ! Tout de suite !

Je ne sais pas encore ce qui s'est passé, mais quelque chose me dit que notre jeune ami a fait des étincelles. Lorsque tout le monde est installé, je me faufile rapidement dans la circulation en direction du périph. Il y a d'abord le silence, juste le bruit sourd du moteur et le roulement des larges pneus de la voiture sur l'asphalte. Ça dure peut-être trois, quatre minutes puis, n'y tenant plus, je me mets à les bombarder de questions.

— Alors quoi, qu'est-ce qui s'est passé, pourquoi vous ne dites rien ? On a les bijoux, non ? C'est quoi, le problème ? Maurice, tu vas me dire ce qui s'est passé, oui ou merde !

Ben ne dit rien, la tête tournée contre la vitre, et tapote le montant de la portière avec nervosité. Puis Momo, d'une voix calme, froide et assourdie par une colère maîtrisée, qui égrène les faits en petites phrases courtes et sèches :

— Notre jeune ami a buté un flic. C'est un boulet, tu avais raison, François, mais ça ne change plus rien, maintenant. On ne sait pas ce que les flics savent. Il faut donc qu'on soit à la baraque le plus rapidement possible. Et oui, bien sûr, cette bagnole aussi est une calamité, on ne voit qu'elle. Tu avais à nouveau raison, François, mais que tout ça ne te monte pas trop à la tête... Tu sais comme moi le nombre de taulards qui croupissent en prison avec, pour seule satisfaction, celle d'avoir eu raison à un moment ou à un autre au cours d'un pauvre coup foireux. Alors trace, mon vieux, trace et sors-nous vite de ce merdier.

Je jette juste un regard de mépris à cette petite ordure de Ben. J'ai tout de même très envie de lui éclater la tête contre la vitre, mais à quoi bon punir un imbécile de cette ampleur. Parce que lui, c'est la grande classe, la classe internationale, premier prix inégalé et sans doute inégalable de bêtise brute, de méchanceté crasse. Ma petite peur a disparu. Seule la grande, celle qui me fait entrevoir une horde de flics, un tribunal hostile et une morne cellule, est encore là. Et elle me tord les intestins, cette garce. Alors je trace, et je m'engage sur le périph, puis l'autoroute, direction la grande banlieue puis la verte campagne. Ce petit con a buté un flic… Maintenant, rien ne pourra plus être comme avant. Si on nous serre, c'est perpète et ça, je n'en veux pour rien au monde. Alors je m'agrippe bien fort au volant et je trace.

Chapitre 41

Joe

On est tous dans la bagnole, moi à l'arrière, Maurice au milieu, qui me sépare d'Emma. La voiture est vaste, mais vu mon gabarit, on est quand même très serrés. C'est maintenant ou jamais que je vais devoir tenter quelque chose. J'aimerais bien dire à Emma de boucler sa ceinture, mais compte tenu des circonstances, ça me semble un peu crétin. Je crois que je peux maîtriser le vieux et lui piquer son arme. C'est un truc que je sais faire. Je l'ai répété des dizaines de fois, cet enchaînement de prises, je peux le faire les yeux fermés. Mais après ? Après, il y a ce jeune type, Ben. Lui, il est complètement à la ramasse, imprévisible, dangereux. Salement dangereux. Il est capable de nous flinguer à la moindre agitation. Il ne va même pas chercher à réfléchir, dès que j'aurai saisi Maurice, il va se retourner et défourailler à tout va. Le truc, c'est : est-ce que je vais être le plus rapide ? Vais-je neutraliser Maurice, lui piquer son flingue, abattre Ben et dire au chauffeur de s'arrêter, tout ça en quelques secondes… Et là, il faudra tirer pour tuer. J'ai jamais buté personne, moi. J'ai laissé une tripotée de gars sur le carreau, mais juste en combat à mains nues, jamais plus de deux ou trois fractures, quelques traumatismes crâniens. Rien d'irréparable ou de définitif. C'est vrai que là, je m'en sens capable. Je pense que je pourrai le faire, mais quand il faudra presser la détente… C'est pas une cible en carton, Ben. Il est pas franchement sympathique et je lui filerais bien une bonne rouste, mais bon, c'est un être humain. Sauf que, dans cette voiture, je n'aurai pas le choix, si je dois tirer, c'est dans la tête. Pas de sommation et pas de tir d'immobilisation. Juste une balle, efficace et sans appel. Sans deuxième chance non plus. Alors je me dis qu'avant de me lancer dans mon petit plan super risqué, je dois essayer de régler les choses autrement, en parlementant. Ils sont dans un sacré bourbier, les mecs, là. Un flic à terre, c'est le début des emmerdements maximums. Ils vont plus les lâcher, c'est sûr, et je suis persuadé qu'ils en ont conscience. Alors c'est vrai qu'ils ont plus grand-chose à perdre mais pas grand-chose non plus à gagner en nous laissant partir, Emma et moi. Mais je dois quand même essayer. Alors je me lance.

— Vous êtes en train de déconner, les mecs. Vous n'avez pas la moindre idée de ce que vous faites. Laissez-nous partir avec la fille. Gardez les bijoux et relâchez-nous. N'aggravez pas votre cas. Un flic buté, c'est déjà suffisamment mal barré, non ? Allez, les gars, soyez raisonnables.

Je regarde le plus vieux droit dans les yeux, sans sourciller, pour voir si ma petite phrase a porté. Je jette un bref coup d'œil à Emma, qui est comme figée, absente. Elle fixe le chauffeur, François, avec obstination. Elle n'a même pas tourné la tête quand je me suis mis à parler. Je crois tout de même percevoir une sorte de lassitude chez elle, un immense détachement. Elle non plus, elle ne croit pas trop à ma proposition. D'ailleurs, mon ravisseur n'y a pas cru non plus. Il me regarde calmement, sort son flingue et me le colle sur la tête. Il va falloir que je sois encore plus rapide que ce que je pensais. Je vais essayer de m'appliquer, comme à l'entraînement. D'abord pivoter rapidement pour faire glisser son arme, attraper son bras et puis…

Chapitre 42

Emma

Je suis assise et, de façon grotesque et insolite, je transpire. Pas beaucoup, juste assez pour sentir quelques gouttes perler au creux de mes reins. Je transpire certainement parce que la masse imposante de Joe oblige Maurice à se coller contre moi. Ce même Maurice qui vient de faire à notre chauffeur, un certain François, un résumé assez fidèle des derniers et dramatiques événements. J'aime assez ce prénom, François, il est doux, classique, pas un prénom de malfrat. C'est con, les *a priori*, très con… Je l'observe attentivement : il a jeté un regard de haine et de dégoût à Ben, à la fin du récit de ses exploits calamiteux.

Nous filons sur le périph, puis prenons l'autoroute sans croiser ni flics, ni gendarmes. Un lourd silence s'est installé dans la voiture. Momo conserve le sac à dos sur ses genoux. Il a regardé une fois à l'intérieur, quand nous sommes montés dans la voiture et depuis, il le tient obstinément fermé, la main posée sur la toile. Il ne dit rien, il a les yeux rivés à la route, avec l'air déterminé, farouche et légèrement féroce, d'un vieux patriarche en croisade. J'attends que Joe fasse quelque chose. Je sais bien que notre destin est plus que fragile. Pourquoi nous laisseraient-ils en vie, après tout ? Ils ont récupéré les bijoux, mais ils ont aussi et surtout le cadavre d'un flic sur les bras. Alors je ne crois pas qu'ils se préoccupent du sort d'une pauvre petite étudiante et d'un très médiocre garde du corps. Un type dont le destin même, la fonction première reste plus ou moins de se faire trucider. Quelle importance, maintenant ? Pourtant moi, je n'ai pas du tout envie de mourir. J'ai une thèse à terminer, un type sympa et séduisant à rencontrer, des enfants à concevoir et à élever, une carrière d'historienne à construire. Une vie, simplement, sans aléas et sans histoires, une vie à remplir de trucs insignifiants, de choses à raconter à mes copines, d'instants heureux à partager et de cartes postales à écrire, enfin je veux dire plutôt de mails et de SMS à envoyer. Des joies, des peines, des drames peut-être, beaucoup de ces petites choses qui font le quotidien de tout le monde. Je veux aussi en être, moi ! Je veux filer des tartes approximatives aux enfants pas sages à l'arrière de la voiture, me faire enguirlander par un professeur principal qu'est pas content parce que non, décidément, mes enfants peuvent mieux faire, je veux m'angoisser quand mon mari rentre tard et que je crois respirer sur lui l'odeur d'une autre. Je veux tout ça, mais je sens que ce « tout ça » m'échappe au fur et à mesure que nous nous éloignons de Paris. Je jette des regards à la dérobée vers Joe, car j'espère encore que viendra l'instant béni où il se décidera enfin à faire des miracles, à neutraliser avec une brutalité animale nos méchants ravisseurs. Tu peux le faire, Joe ! Je le sais, tu peux le faire !

C'est d'ailleurs lui qui rompt en premier le lourd silence qui s'est installé depuis le récit épouvantable des exploits de Ben.

— Vous êtes en train de déconner, les mecs. Vous n'avez pas la moindre idée de ce que vous faites. Laissez-nous partir avec la fille. Gardez les bijoux et relâchez-nous. N'aggravez pas votre cas. Un flic buté, c'est déjà suffisamment mal barré non ? Allez, les gars, soyez raisonnables.

Il a dit ça d'un ton calme et posé. À quoi ça peut bien servir, maintenant ? Pourquoi nous laisseraient-ils partir ? Au point où ils en sont, je les vois mal faire preuve de mansuétude ou avoir un très insolite élan d'empathie. D'ailleurs, la réaction de Momo est brutale et sans appel. Il sort son arme, calmement et tire une balle dans la tête de Joe.

Le garde du corps s'effondre lourdement. Ça sent d'abord la poudre. Il y a aussi beaucoup de sang et, je crois, de petits éclats d'os sur la vitre. Je pense que je vais vomir ou que je vais m'évanouir, voire les deux. Je pousse un cri et puis je pleure, immédiatement. Je produis alors un mélange surprenant de sanglots hystériques et de petits cris lamentables. Je n'ai jamais vu de mort mais, pour une première, j'aurais préféré que ce soit dans d'autres circonstances, et peut-être qu'il s'agisse de quelqu'un d'autre, aussi… Je ne sais pas, moi, une personne âgée décédée paisiblement dans son sommeil. Au lieu de ça, j'ai juste droit, à quelques centimètres de moi, à un type plutôt jeune qui se vide doucement de son sang à petits flots réguliers, par un gros trou à l'arrière de sa tête… Il y a plein de sang partout, rouge vif, écarlate, et encore cette âcre et assommante odeur de poudre. Puis, alors que je regarde Momo avec incrédulité, alors que j'entends Ben ricaner comme un dément, je m'effondre parce que je viens de comprendre, juste à cet instant, qu'ils vont me tuer, moi aussi. Ils vont me tuer dès que nous serons arrivés. J'entends, comme dans un cauchemar, les cris de François, mais je suis de plus en plus détachée. Je ne comprends pas ce qu'ils se disent, j'entends mais je ne comprends rien. Je mets mes mains sur mes yeux, je suis comme ces enfants qui se croient invisibles parce qu'ils n'y voient plus. Je vais mourir, je vais mourir… Mon Dieu, je vais mourir…

Chapitre 43

Marc

Les secours sont enfin arrivés et, comme un drame ne surgit jamais seul, je viens d'apprendre que Rodolphe s'est fait renverser par une bagnole. Un simple accident de la circulation et tout est parti en vrille. Il n'a pas pu contacter le car, ils ont perdu la trace du 4 × 4, Marie est entre la vie et la mort. Le médecin urgentiste qui l'a prise en charge n'est pas très optimiste. Il m'a parlé d'elle, ou plutôt de son foie, de son sang, de son cœur… Pour lui, ce n'est pas cette jeune femme brune, vive et enjouée, qui porte en elle un sens aigu du devoir et de la justice. C'est juste un corps, un corps qui ne va pas très bien. Ou plutôt un ensemble d'organes, dont certains sont abîmés, déchiquetés par la violence d'un coup de feu. Dans son métier, il vaut peut-être mieux voir les choses comme ça. C'est sûrement plus facile de ne pas appréhender l'ensemble, d'isoler les parties malades. Ce détachement clinique doit lui permettre de tenir le coup. Après tout, il voit sûrement plus de morts en une semaine que je n'en vois en un an.

Je suis miné, vidé. J'imagine déjà les explications, les justifications que je vais devoir fournir pour tenter d'expliquer ce désastre. Et je n'ai pas l'ombre du début d'un commencement d'excuse valable pour me sortir de ce sinistre bordel. C'était mon projet, mon affaire, c'est moi qui ai décidé de mettre en place une équipe réduite, moi qui ai voulu qu'on attende qu'ils soient tous dans la bagnole pour intervenir, moi encore qui ai tout fait foirer. J'en suis là de mon autoflagellation quand une lueur d'espoir apparaît sous la forme d'un lieutenant de police qui s'approche de moi avec un grand sourire. Et je ne vois vraiment pas ce qui peut le réjouir en ce moment.

— Commandant, on a retrouvé le propriétaire du 4 × 4. Il a porté plainte ce matin et on a aussi une bonne nouvelle. Sa bagnole est équipée d'un système de repérage par GPS. On va pouvoir les retrouver sans problème.

Alléluia ! Que les petits anges roses et joufflus soufflent dans leurs trompettes étincelantes et qu'ils déchirent les nuages de leur souffle divin. Enfin une bonne nouvelle au milieu de cette avalanche de catastrophes et de drames ! Je vais aller au bout de cette affaire, pour Marie bien sûr, mais au fond, surtout pour moi.

— Super, et ils sont où, exactement ? Je veux qu'on envoie un maximum de monde là-bas. Cette fois, on ne prend plus aucun risque. Il me faut aussi une voiture. Je dois y aller tout de suite, je suis le seul à les avoir vus, de toute façon. Allez, en route, mon vieux, en route !

Le type me regarde, un peu hésitant, puis se lance :

— Eh ben, faut juste qu'on trouve les codes du véhicule pour le faire identifier. Le propriétaire avait tout laissé dans la voiture, même le double des clefs, alors il faut qu'on contacte le constructeur… pour le code. Mais ça doit être fait dans les minutes qui viennent… Je crois…

C'est bon, les anges, vous pouvez arrêter de souffler dans vos tromblons, on n'a pas encore atteint la félicité suprême. Vous reviendrez peut-être tout à l'heure, enfin je le souhaite de toute mon âme.

— Vous croyez ! On a trois tueurs de flics en cavale, avec deux otages à bord de leur bagnole. Le problème, c'est qu'on les a paumés et qu'à chaque minute qui passe, ils peuvent aller s'enterrer dans n'importe quel bled, changer de bagnole, se séparer, supprimer les otages… Est-ce que l'urgence de la situation est suffisamment limpide pour que vous me trouviez l'endroit où ils sont dans, disons… une minute ! Bougez-vous !

Le type se barre en courant, téléphone portable à l'oreille. J'espère qu'il va me trouver cette voiture, mais surtout qu'il ne va pas me la retrouver vide, parce qu'on n'aura pas deux fois ce genre d'opportunité. Allez, les anges. Finalement, je vais vous demander encore un petit effort, soyez modernes et évangélisez-moi vite fait ce maudit GPS pour qu'il nous montre la voie. Et, tant qu'à faire dans le miracle, soyez chics, mes petits angelots, faites en sorte que le chemin ne soit pas jonché de cadavres.

Chapitre 44

François

Momo vient de buter le garde du corps ! Comme ça, tranquillement, sans rien dire, sans s'énerver, sans se départir de cette insupportable morgue. Après avoir crié puis sangloté, la fille ne dit plus rien. De façon irrationnelle, j'ai aussitôt peur qu'elle soit morte, elle aussi. Le petit jeune se marre, il est pourri, celui-là. Je ne sais pas quoi faire, je continue à conduire comme un automate et puis soudain, je hurle :

— Mais qu'est-ce tu fous, Momo, qu'est-ce que tu fous ! Pourquoi t'as fait ça, on n'avait pas besoin de le buter, on n'avait pas besoin… T'es pas mieux que le petit, Momo, vous êtes complètement braques, complètement malades, tous les deux… Je laisse tomber, Momo, démerdez-vous.

Momo sait très bien que je n'en ai pas les moyens, que je suis dedans jusqu'au cou, englué, serti dans ce braquage sanglant sans pouvoir m'en sortir. Il en a conscience et il en profite. Il me répond, juste pour la forme :

— Ça change plus rien, François, et tu le sais très bien. Maintenant, avec un flic par terre, on ne peut plus faire pire. On sera bientôt arrivés à la baraque. On change de bagnole, on fourgue les bijoux et c'est terminé, mon vieux. Tout va se passer comme prévu.

Non, Momo, rien ne se passe comme prévu. En tout cas pas comme toi, tu me l'avais promis. Personne ne devait mourir, rappelle-toi. Et j'ai parfaitement conscience du sort réservé à la fille. Tu vas la tuer elle aussi, dès qu'on sera arrivés. C'est tellement plus simple, n'est-ce pas ? Et tu sais parfaitement que je suis dedans maintenant, tu sais que je ne peux plus reculer.

La fille est tétanisée, recroquevillée à l'arrière de la voiture. Elle est prostrée, les mains sur les yeux. Pas besoin d'être bien malin pour deviner comment ça va se terminer pour elle. Il y a aussi mes deux complices. Ben, avec son sourire imbécile, et Momo, qui ne se départit pas de son calme excessif, inquiétant. Deux morts, dont un pauvre type qui finit de se vider de son sang et de sa cervelle sur le cuir des sièges arrière. Quinze millions d'euros dans un petit sac à dos, une jeune fille condamnée à très brève échéance, des flics qui doivent remuer ciel et terre pour nous retrouver. Et les deux autres qui semblent presque à l'aise. Et puis il y a moi, qui conduis ce triste cortège de cinglés, et cette morte en sursis. Je dois être dans un mauvais rêve, une sale descente, un méchant retour de dope. Encore un ou deux kilomètres et nous serons arrivés. J'ai fait quelques belles saloperies dans ma vie, c'est vrai, des choses dont je ne suis pas très fier mais là, je ne me suis jamais senti aussi sale. L'odeur de la poudre mêlée à celle du sang et de la peur et, en point d'orgue, les deux attitudes complètement surréalistes de Ben et de Momo. Il y a quelques années, j'aurais peut-être pu me joindre à eux. Avant mon incarcération. Mais je ne suis pas certain que ce soit la prison qui m'ait rendu meilleur. En y réfléchissant, je n'aurais jamais pu faire ça, que ce soit avant ou après la taule. Je ne suis pas un esprit fragile, éprouvé, victime d'un environnement familial déstructuré et d'une société hostile. Je ne me cherche pas d'excuses, je n'en ai pas. Ce job, je l'ai choisi en conscience, avec ses risques, en croyant pouvoir en fixer moi-même les limites. Pas de meurtres, pas d'enlèvements, un minimum de violence. Quelle hypocrisie ! Comme si on pouvait être politicien sans trahir, actrice de pornos sans se dévêtir, sportif de haut niveau sans se doper.

Je me sens ridicule. Je me fais ma petite crise de conscience alors que c'est moi qui conduis cette voiture en route vers une exécution capitale, sans jugement, sans réquisitoire ni plaidoirie. C'est moi seul qui ai choisi de rester quand Momo est arrivé dans le bar, c'est encore moi qui l'ai écouté débiter son boniment de bateleur criminel, qui me la suis jouée devant le petit, qui me suis promis de ne pas retomber. J'avais presque raison, je ne suis pas vraiment retombé... J'ai carrément touché le fond. Enlèvement, assassinat... la totale. Mes mains sont moites et mon cœur s'emballe. La fille pousse de petits cris, couverts de temps en temps par la voix de Momo qui lui dit qu'elle a intérêt à se calmer. Bien sûr, Momo, tu as raison, je suis persuadé que dans son état, elle va sûrement t'écouter. Tiens, je n'ai même plus peur. Je ne sais même pas ce qu'il pourrait m'arriver de pire. Je roule trop vite, et je me rapproche de mon second meurtre avec une certaine indifférence. Après tout, je ne la connais pas, cette fille. Elle devait savoir que ce boulot comportait certains risques. Merde, personne ne l'a forcée à le faire, ce job ! Si elle avait voulu, elle pourrait être tranquillement chez elle à attendre son copain, sa copine, sa mère, son chien…

Je l'observe dans le rétroviseur. Je ne sais pas si elle est belle, peut-être qu'elle l'était, avant. Je ne distingue pas la couleur de ses yeux, elle garde les mains plaquées sur son visage. De toute façon, je ne veux plus la regarder, jamais. J'ai peur de devoir affronter la réalité, toutes les peurs et les angoisses que je pourrais lire dans ce regard. Je conduis, je fais ma part du travail et dans un jour ou deux, avec un peu de chance, je serai ailleurs. Avec beaucoup de distance entre moi et cette fille, j'arriverai sûrement à oublier… Je suis comme eux, finalement, un peu psychopathe sur les bords. Et c'est peut-être pire quand on en a conscience.

Chapitre 45

Emma

Il existe dans chaque place forte, au cœur de chaque forteresse, une faiblesse qui trouve son origine dans sa structure même. Un point faible qui permet aux assaillants de s'y introduire et donne la victoire à ceux qui ont su le trouver. Si je veux tenter quelque chose, c'est au sein même du trio que je dois trouver la solution. Au milieu du brouillard de désespoir, au fin fond de l'état de stupeur et d'anéantissement dans lequel je suis, je trouve encore, je ne sais pas comment, la force d'envisager un avenir, la volonté d'échafauder un plan. Il ne me reste plus que ça, alors je m'accroche. Je me cramponne à mon idée. Les deux brutes doivent être oubliées. Aucun espoir, aucune solution à attendre de ces deux cinglés. S'il y a une seule chose à tenter, c'est auprès de François, le chauffeur, que je dois essayer. Je réunis le peu d'énergie qu'il me reste encore et décide de tout miser sur lui. Ce type d'une quarantaine d'années, que je ne connais pas et qui semble si fatigué de sa propre vie, ce mec normal qui a l'air aussi désespéré que moi. Même si, pour lui, l'issue semble tout de même plus favorable... S'il y en a un seul qui puisse faire quelque chose pour moi, c'est bien lui. Alors je me lance, doucement, d'une voix transparente, j'essaie de faire naître de l'intérêt, de la pitié, et pourquoi pas, de la compassion. N'importe quoi pourvu que j'existe et que je sois écoutée, entendue. Je n'ai pas besoin de me forcer pour avoir l'air pitoyable et infiniment désespérée.

— S'il vous plaît... François... Ne les laissez pas faire ça. J'ai tellement peur. Ils vont me tuer, vous le savez, n'est-ce pas ? Je suis là, François, je suis là, derrière vous... Vivante, juste derrière vous et dans quelques instants ils vont me tuer... Vous ne pouvez pas laisser faire ça, vous n'allez pas les laisser me tuer... Pour rien.

C'est assez déchirant et le ton me semble juste. Mais peut-il en être autrement, tant je suis sincère dans ma supplique ? Comme à son habitude, la réaction de Momo est immédiate et brutale. Il abat sur ma tête la crosse de son arme et je m'écroule sans pourtant perdre connaissance. Je sens alors un liquide chaud couler sur ma joue, et je porte une main tremblante à mon visage, qui se couvre aussitôt d'une belle couleur rouge. Du sang, cette fois-ci, c'est le mien. J'ai affreusement mal, mais le fait d'entendre la voix de François s'élever depuis l'avant de la voiture me redonne de l'espoir.

— Qu'est-ce que tu fous, Momo, pourquoi tu la frappes ? Vous allez la buter, ce n'est pas assez ? Il faut en plus que tu la fasses souffrir, que tu passes tes nerfs sur cette pauvre fille ?

La réponse de Momo est, comme toujours, calme, posée et en complet décalage avec la violence soudaine dont il vient de faire preuve.

— C'est pas ça, François, mais tu sais, je te l'ai déjà dit, tu as changé. Ou peut-être que tu as toujours été un peu faible, non... Et je crois bien qu'elle est capable de te donner des remords, cette fille, avec ses petites jérémiades. Des remords, et de bien mauvaises idées. Alors voilà, maintenant elle va se taire et toi, tu vas continuer. D'ailleurs, on sera bientôt arrivés. Tout sera très vite terminé.

Le sang n'arrête pas de couler sur ma joue, tandis que Ben a recommencé à ricaner comme un cinglé dès que je me suis effondrée. Il croit même utile de rajouter :

— T'inquiète pas, François, elle aura bientôt plus mal à la tête, la petite meuf. Je vais lui filer un bon gros calmant dans sa face et elle sentira plus rien, plus rien du tout.

Continue, imbécile, tu travailles pour moi, et je crois que chacun des mots que tu as prononcés me rapproche encore un peu plus de François. Je deviens de plus en plus réelle. Je suis là, François, je suis une vraie personne, n'est-ce pas ? Et on ne laisse pas mourir quelqu'un qui vous a supplié de le sauver. On ne le laisse pas mourir, François... C'est impossible.

Chapitre 46

François

La fille m'a supplié et Momo lui a filé un coup de crosse en pleine tête. Elle m'a appelé au secours et j'ai protesté, sans vraiment y croire. Ils sont déterminés, et personne n'y changera rien, Emma. Alors je me suis concentré sur la route. Nous avons traversé trois villages depuis que nous sommes sortis de l'autoroute. Des villages typiques de la triste campagne d'Île-de-France, de ceux qui se trouvent à peine à quelques dizaines de kilomètres de Paris, au détour d'une route sinistre, juste après une colline sans intérêt. De mornes villages qui accumulent les dimanches pluvieux et s'emplissent d'aboiements au fond de jardins encrottés et boueux. Je n'aime pas tellement la campagne, c'est vrai, et elle me le rend plutôt bien. Je n'ai jamais rien vécu de plus morne que les rares week-ends que j'ai dû subir dans quelques résidences secondaires de Parisiens en mal de verdure et d'exaltations bucoliques.

Nous approchons de notre point de chute, le terme est prémonitoire. Une vieille bicoque plus ou moins abandonnée, où une autre voiture doit nous attendre. C'est Ben qui s'en est occupé. Qu'est-ce qu'il nous a dégotté, cette fois-ci, l'abruti ? Un tank, un char de la Gay Pride, une diligence ? Le silence règne dans la voiture, entrecoupé par les sanglots et les hoquets de la fille. Je sens le poids de mon arme dans la poche intérieure de mon blouson. Cette arme, je l'ai regardée longuement ce matin, avant de quitter ma chambre d'hôtel. Je me suis assis sur le lit, déjà fatigué, un café à la main, et puis j'ai bien observé le flingue. Je suis resté fasciné pendant de longues minutes par la formidable puissance contenue dans ces quelques centaines de grammes de métal et de bois, et que l'on peut déclencher par une simple pression du doigt. Oh ! pas grand-chose, une très légère inflexion de l'index sur la détente, et c'est une vie qui s'envole dans le bruit, la fumée et un jaillissement de sang, de tripes, de cervelle et d'os. Pourtant, je l'ai prise quand même parce qu'elle me rassure et que je ne fais confiance ni à Ben ni à Momo. Ces deux-là ne m'ont pas déçu, depuis quelque temps. Dans un style différent certes, mais avec une même violence impérieuse. L'une froide et calculatrice, l'autre hystérique et déjantée, mais le résultat est identique, que ce soit pour cette pauvre flic sur le quai du métro, ou pour le garde du corps qui finit de se vider la tête sur la moquette et le cuir de la voiture. Je m'adresse sèchement à mes deux complices :

— On va arriver, on y sera dans cinq minutes. Je préfère vous prévenir tout de suite, je descends et je remonte directement dans l'autre voiture. Vous faites ce que vous voulez, mais vous avez trois minutes.

Je vous laisse trois minutes, et on file chez le fourgue. Trois minutes, pas plus.

Chez le fourgue… Et pour fourguer quoi, exactement ? La souricière qui nous a été tendue est bien la preuve que nous sommes grillés depuis le début. Ça, pour être bien préparé, ton coup, Momo, il était drôlement bien préparé. Même les flics ont eu leur rôle à jouer. S'ils avaient été prévenus, ça m'étonnerait qu'ils nous aient laissé faire mumuse avec de vrais bijoux. Momo le sait, très certainement, tout comme il a deviné qu'il tient entre ses mains un sac de belles copies sans intérêt. Mais au point où nous en sommes, quelle importance. J'ai la furieuse envie de balancer cette belle info à Ben, histoire de lui ouvrir les yeux sur l'ampleur du désastre. Mais je me dis qu'il serait bien capable de péter les plombs en apprenant la froide vérité. De se mettre à buter tout le monde en poussant des cris de bête. C'est d'ailleurs lui qui me répond le premier, avec l'agressivité et la hargne qui caractérisent ce garçon depuis que nous nous connaissons.

— C'est bon, vas-y, nous prends pas la tête ! Il nous faudra pas plus de toute façon. Et si ça prend trois minutes trente, t'as quand même intérêt à attendre, je te le dis. Parce que je tiens pas à me retrouver planté au milieu de la pampa avec des cadavres sur les bras ! Et t'inquiète pas, *man*, si tu t'amuses à te casser sans moi, je te retrouverai et je te buterai, garanti sur facture ! Il y a que les montagnes qui se croisent pas, *man*, que les montagnes.

Ce bel aphorisme me conforte davantage dans ma décision d'avoir pris le flingue ce matin. En plus, je viens d'avoir une sinistre confirmation : l'aventure va s'arrêter là pour la jeune convoyeuse. Pourquoi est-ce qu'ils ne l'attachent pas dans la bicoque ? Pourquoi vont-ils la tuer ? L'instinct meurtrier, l'indifférence au crime et le détachement face à la douleur font que les gangsters deviennent des légendes, les brutes épaisses des idoles. Ce sont sans doute les plus abjectes et les plus méprisables des qualités, mais elles réveillent pourtant au sein du grand public une obscure et confuse admiration. Le détachement, l'indifférence, je ne crois pas qu'ils fassent partie de moi. J'aimerais tant, pourtant, en être le dépositaire, en cet instant, afin de ne plus entendre, de ne plus voir la jeune femme à l'arrière de la voiture. Je continue pourtant à observer son corps qui se soulève au rythme de ses sanglots et à entendre ses plaintes étouffées. Je ne suis donc pas comme eux finalement, pour ma perte, ou bien pour le salut de cette fille… pour le mien aussi peut-être ?

Chapitre 47

Marc

Le petit lieutenant est revenu, il affiche à nouveau un sourire épanoui. Est-ce bon signe ? Je ne sais pas, la dernière fois il avait la même tête, et pourtant il apportait une fausse bonne nouvelle. Cette fois, il parle encore plus vite, il veut aller à l'essentiel, mais il se perd un peu dans les détails. Il se dépêche, il se hâte, il se précipite et enfin la bonne nouvelle tombe :

— … et donc le constructeur nous a donné les codes, et on sait où ils sont. C'est à vingt kilomètres de Paris, un petit bled, Bourgenseuil, un truc comme ça. Il n'y a qu'une seule rue, vous voyez. Voilà, c'est là. (Il me tend une carte.) Le véhicule y est depuis cinq minutes, ils n'ont pas bougé.

Je le regarde fixement, il a un air satisfait, celui de l'homme qui a su remplir sa mission et qui attend, me semble-t-il, des félicitations. Je prends le temps de respirer avant de poser la seule question qui vaille la peine d'être posée en cet instant.

— Et évidemment, vous avez envoyé des renforts, la maison est encerclée et le négociateur arrive pour commencer les pourparlers.

Il reste interdit, et cette hésitation en forme d'aveu me fait craindre le pire. Il jette un œil derrière lui, espérant sans doute qu'un nouvel événement dramatique, un carambolage monumental, un crash aérien époustouflant vienne lui sauver la mise. Mais rien n'arrive et, vaincu par son destin funeste, il se retourne vers moi et lâche, d'une voix faible :

— C'est-à-dire que, en fait, je viens d'avoir l'info et je suis venu tout de suite pour vous le dire, vous comprenez, parce que je tenais à ce que vous soyez le premier informé vu que vous m'aviez dit de revenir tout de suite… Dès qu'on aurait retrouvé le véhicule…

Je souffle et je presse très fort mes mains sur mes tempes. Il me semble que je ne me sortirai jamais de cette affaire, surtout avec ce genre de collègue. Mais bon, après tout, c'est aussi ma faute. Depuis le départ, j'ai tout merdé, je ne vais quand même pas crucifier ce jeune gars sans expérience pour tenter de minimiser l'affligeante responsabilité que je porte. Alors j'assume, et je prends enfin les choses en main. À commencer par son téléphone portable.

— Laissez tomber… On fonce là-bas, je vous suis jusqu'à la bagnole. Allez, on a assez perdu de temps.

En chemin, je compose le numéro du patron, qui répond immédiatement. Je lui dresse le sombre tableau de la situation. Bien que je ne le voie pas, je le devine parfaitement, le commissaire principal Jacques Blier. Il doit tordre ses petites mains potelées, frotter sa panse et réfléchir aussi vite que possible aux conséquences désastreuses que pourrait avoir cette affaire sur sa retraite prochaine. Ce n'est pas tout à fait le genre de dossier avec lequel on souhaite couronner quarante ans de carrière. En fait de lauriers, c'est une couronne d'épines que je lui offre. Comme sacre, on a vu plus glorieux. Alors il pèse le pour et le contre rapidement et décide que le mieux est encore de me couvrir, en tout cas dans l'immédiat, et de faire en sorte que tout cet infernal merdier se termine au plus vite et avec le moins de casse possible. Après tout, c'est quand même lui qui m'a apporté le dossier en me précisant que c'était un véritable « cadeau de Noël ». Tu parles d'un cadeau ! Empoisonné par toute la famille Borgia, oui ! Il m'a bien sauté à la gueule, son paquet. Un peu comme les cadeaux du schtroumpf farceur, mais beaucoup, beaucoup plus sinistre. Il y va quand même de sa petite remontrance, le commissaire principal Blier, je ne peux pas lui en vouloir, la situation est suffisamment calamiteuse.

— Je ne vous félicite pas, mon vieux, vous m'aviez habitué à mieux. On est dans un sacré pétrin. Je vais faire en sorte de vous couvrir et de rattraper un peu le coup, mais je préfère vous prévenir tout de suite, Marc, tout va dépendre de ce qu'on trouvera là-bas. Prions pour que ce ne soit pas juste deux cadavres et aucune trace des malfrats. Parce que là, je ne pourrai pas faire grand-chose pour vous… Bon, en attendant, je contacte immédiatement un de mes vieux copains du GIPN. Il va envoyer un hélico avec une équipe d'élite dans la bicoque. Vous, vous foncez aussi vite que possible et vous me tenez au courant de tout ce qui se passe. Pas d'improvisation, Marc, vous avez assez donné libre cours à votre talent et à votre imagination pour aujourd'hui.

Il raccroche alors que nous commençons à rouler vers Bourgenseuil toutes sirènes hurlantes, en compagnie du lieutenant dont je ne sais même pas le nom. Finie la discrétion, plus vite on y sera, plus vite je serai fixé sur mon avenir professionnel. Un avenir qui dépend aussi de celui de Marie. Le souvenir de Marie, inerte, étendue, dans une mare de sang sur le quai du métro puis, plus tard, son visage exsangue dans l'ambulance qui l'emporte, me submerge alors. Je résiste à l'envie d'appeler l'hôpital, je ne veux pas être plombé par une mauvaise nouvelle avant d'être là-bas. Je me tourne alors vers mon chauffeur :

— Au fait, moi, c'est Marc.

Le petit lieutenant est concentré, il s'applique et tente de rattraper ses récentes approximations par une conduite efficace et nerveuse. Il prend toutefois le temps de se tourner vers moi, la main tendue et me balance :

— Lieutenant Verdun, Patrick Verdun.

Je ne suis pas superstitieux, mais il y a des jours comme ça où les hasards patronymiques vous font frémir.

Chapitre 48

Momo

Je ne pouvais pas faire autrement, il fallait que je le descende. De toute façon, ça a calmé tout le monde. La fille est un peu secouée, mais je ne crois pas qu'elle ait envie de foutre le bordel maintenant. Je le sentais au bord de la connerie, moi, le garde du corps. Il n'arrêtait pas de me mater et d'observer le jeune con, il attendait juste une occasion pour tenter un truc débile, pour justifier son salaire. Alors j'ai préféré l'éliminer, c'est juste logique, normal. On arrive à la baraque, et il faudra encore qu'on s'occupe de la fille. Elle ne représente pas de danger, vu l'état dans lequel elle est. Je vais laisser le petit se débrouiller avec elle. Je sais que ça lui fait plaisir, à ce taré. Moi, si je dois buter quelqu'un, c'est simplement parce que c'est le meilleur des choix. Je supprime un risque, c'est tout. C'est une forme de logique, en fait, un peu radicale mais implacable. Non, celui qui m'inquiète un peu, c'est François. Il ne voulait pas de sang et pas de violence. Mais qu'est-ce qu'il croit, qu'on peut réussir ce genre de coup sans se salir les mains ? Enfin, réussir… Je pourrais le balancer aux chiottes tout de suite, ce sac. Je suis sûr qu'il y a rien de vrai là-dedans. Je sais pas qui a pu nous balancer, mais je le saurai, ça, c'est certain, et ça fera mal. De toute façon, même si ça a foiré, il faut rien laisser derrière nous : moins t'en laisses, mieux tu te portes. Il le sait pourtant, François, l'effet que ça fait, un otage qui vient témoigner à la barre. Une nana qui pointe un doigt tremblant vers toi en chialant et en racontant son calvaire à des jurés compatissants. Il vaut mieux un bon mort silencieux plutôt qu'un vivant à charge. Seulement voilà, tu es bizarre, François, depuis que j'ai flingué l'autre. En fait, t'es à l'ouest depuis le début. Depuis le jour où je t'ai branché sur le business dans le bar miteux.

Mais bon, j'avais pas trop le choix, il me fallait vite fait un chauffeur et toi, je te connaissais, je savais bien que tu résisterais pas longtemps quand je te présenterais l'affaire. Quant à l'autre, là, le jeune, je ne sais pas trop quoi en faire. Il n'y a pas trente-six solutions, de toute façon… On verra bien comment il gère le truc avec la fille. Tiens, c'est justement ce moment qu'elle choisit pour se rappeler à notre bon souvenir.

— S'il vous plaît… François… Ne les laissez pas faire ça. J'ai tellement peur. Ils vont me tuer, vous le savez, n'est-ce pas ? Je suis là, François, je suis là, derrière vous… Vivante, juste derrière vous et dans quelques instants ils vont me tuer… Vous ne pouvez pas laisser faire ça, vous n'allez pas les laisser me tuer… Pour rien.

Elle a bien senti le truc, la petite, il n'y en a qu'un qu'elle peut émouvoir avec ce genre de conneries, c'est François. Mais c'est pas le moment, ma chérie, vraiment pas le moment, de me chercher. Je lui file direct un coup de crosse sur la fiole, pas trop fort, je ne veux pas la dessouder, juste pour lui montrer que je ne suis pas du genre à la laisser manipuler son petit monde. Et puis, je veux surtout que François sache qu'il est dedans jusqu'au cou, avec nous. Qu'il est du côté des méchants et qu'il faut qu'il s'y fasse. Tu vois, t'es bien dans le camp de ceux qui tuent des flics et qui balancent des grands coups de crosse sur la tête des jeunes filles quand elles commencent à trop en faire. Je sais, François, ce n'est pas très agréable mais maintenant que t'es dedans, tu vas me faire le plaisir de finir ce boulot correctement. Pour éviter les ambiguïtés – dont j'ai horreur dans notre job, parce qu'elles vous pourrissent une ambiance –, je lui précise le fond de ma pensée. Il me demande pourquoi j'ai frappé la fille, alors je lui explique. Je lui dis simplement que je ne le sens pas. Maintenant il sait que je l'ai à l'œil et c'est pas plus mal.

On arrive à la baraque, François gare la bagnole dans la cour, juste à côté d'une 2 CV toute rouillée et d'une vieille citerne pourrie. Une grosse caricature de maison de campagne. La bicoque est abandonnée depuis longtemps, et on ne pourrait même pas deviner la couleur des volets tellement c'est vieux et crade. Je tenterais bien un genre de violet-rouge, mais j'en mettrais pas ma main à couper. De toute façon, on n'a pas l'intention de retaper la baraque. L'autre voiture doit nous attendre dans le hangar, juste à droite. J'espère que cette fois-ci il aura réussi à nous dégotter un truc un peu plus discret que son 4 × 4. De toute façon, on sera moins nombreux au retour qu'à l'aller…

Il y a un flottement lorsque la caisse s'immobilise, comme une chape de plomb qui nous tombe dessus, comme si l'atmosphère à l'intérieur de la bagnole devenait plus lourde, plus épaisse, presque gluante. Des choses désagréables vont devoir être faites, et je sais bien qu'on va élever un peu la voix, qu'il va falloir être vigilant, incisif, et peut-être même violent. Mais on n'a plus le choix maintenant, on doit terminer le chantier.

Chapitre 49

François (onze ans)

Je n'aime pas beaucoup l'eau, je ne l'ai jamais aimée. Pourtant, chaque année, avec mes parents nous partions à La Trinité-sur-Mer. Nous y sommes allés pendant plus de six ans. Cette année-là, j'allais commencer un stage de 420. Le 420, c'est juste un dériveur pourri qui dessale un peu moins vite qu'un optimiste. L'année d'avant, j'avais pleuré pendant toutes les vacances parce que je m'étais tapé ces cours de voile affreux, tous les jours, pendant deux semaines. Comment fait-on pour passer des châteaux de sable, de ces instants bénis où l'on se sent le maître du monde, des tours, des ponts-levis, des inondations, des morts, à… ça ! Être désespérément seul sur un truc qui ressemble à une baignoire à laquelle on aurait greffé un mât, puis mis un drap à la place d'une voile. Ensuite, vous tombez à la flotte, vous dessalez et vous êtes ridicule et transi, dans de l'eau glacée. Et c'est la même chose à chaque fois qu'il y a un peu trop de vent, un peu trop de mer, un peu trop de peur… Bref, vous êtes en Bretagne et vous faites un stage de voile. Sanglotant dans un gilet de sauvetage qui vous entrave tellement que vous ne comprenez pas pourquoi on n'appelle pas plutôt ça un gilet de noyade. Et pendant ce temps-là, il y a un méchant con en Zodiac qui vous tourne autour et qui vous hurle dessus, qui éructe qu'il a rarement vu une tanche pareille.

Cette année-là, au moins on était deux sur le 420. Je naviguais avec Raphaël. Il était sympa, Raphaël, il avait douze ans et trois sœurs. La plus grande, âgée de seize ans, portait un maillot de bain deux pièces avec des seins à l'intérieur. Je le savais parce qu'elle était venue le premier jour, au cours de voile, et un des profs qui ne devait guère avoir plus de deux ans de plus qu'elle lui avait parlé. Je m'en souvenais parfaitement, elle avait beaucoup ri, bougeant les cheveux et secouant la tête et, du coup, sa poitrine avait suivi le mouvement. Bon, de toute façon, elle ne me regardait jamais. Au fond, cela n'était pas très grave, parce que je n'aurais sûrement pas très bien su quoi en faire, moi, à l'époque, des seins de cette fille.

C'était le quatrième jour de stage et Raphaël et moi étions devenus de vrais amis, je crois. À force de galérer sur ensemble et d'affronter le climat breton et les railleries des profs de voile, on avait construit une solide amitié et on faisait front, tous les deux. Nous n'avions pas pleuré depuis le début du stage, même si je dois avouer que j'en avais eu envie à plusieurs reprises. Mais nous nous observions, nous nous regardions en biais, et je sentais bien que le premier qui craquerait perdrait toute forme de crédit et que cela mettrait en péril notre nouvelle amitié.

Ce matin-là, il pleuvait. Bon, en fait, je pense que ça faisait bien trois jours qu'il pleuvait tous les matins mais là, en plus de la flotte, il y avait beaucoup de vent et la mer était extrêmement agitée. Je voyais, pendant que l'on gréait le bateau avec Raphaël, des creux impressionnants qui dessinaient sur la mer un paysage mouvant, sombre et inquiétant. Je jetais des coups d'œil aux deux profs, qui ne semblaient pas particulièrement préoccupés par les conditions météo. Ils se marraient en nous regardant et mettaient leur Zodiac à l'eau en se foutant de nous et en singeant nos mines défaites.

Au début, nous avions plutôt assuré, avec Raphaël, je veux dire malgré le temps de merde et les vagues, on avait plus ou moins réussi à orienter le bateau vers la première bouée, à virer autour sans chavirer, et nous avions commencé à tirer un bord vers la deuxième bouée. C'est à ce moment-là, juste quand on se disait que, finalement, on ne s'en tirait pas si mal, que l'orage avait vraiment éclaté. Ça avait commencé par un éclair qui avait illuminé la mer et nous avait donné d'un seul coup l'impression que l'on avait allumé pendant quelques secondes un immense réverbère au-dessus de la mer. Et puis, presque immédiatement après, un coup de tonnerre effroyable nous avait explosé les tympans et remué les tripes. Après, ça ne s'était plus arrêté : succession d'éclairs, de tonnerre, de rafales de pluie et de vent. On ne voyait plus le bateau des profs. Pas trop loin de nous, à vingt mètres peut-être, il y avait un autre 420 qui, tout comme le nôtre, ressemblait à une écorce de bois dans un torrent en furie. Nous avions réussi à affaler la grand-voile mais, comme nos gilets nous gênaient, Raphaël avait enlevé le sien pour pouvoir attraper la toile. Pendant ce temps-là, j'essayais de maintenir notre dériveur dans une posture à peu près digne, agitant le safran dans tous les sens sans que cela ait le moindre effet sur la direction du bateau.

J'ai vu la vague au moins trente secondes avant qu'elle nous balaye et qu'elle renverse le 420. Elle était bien plus grosse que les autres, et j'avais eu soudain l'impression qu'un mur de flotte se ruait vers nous, comme si un monstrueux animal se précipitait sur nous, emportant dans son élan la plus grande partie de l'eau contenue dans le golfe du Morbihan. C'est certainement parce que je l'avais vue arriver que je m'étais cramponné à un des bouts de la voile et que je n'avais pas été éjecté loin du bateau quand nous avions chaviré.

D'abord il y avait eu un grand bruit, puis le froid qui vous saisissait. L'eau glacée s'insinuait dans le moindre interstice de vos vêtements. Cette eau qui vous paralysait d'abord, juste avant qu'elle ne vous électrise et ne vous donne l'impulsion nécessaire pour tenter de vous en sortir. Agrippé au bout, j'avais tiré dessus de toutes mes forces, toussant, crachant, j'avais trouvé, je ne sais comment, l'énergie suffisante pour me hisser sur la coque renversée du bateau et pour m'accrocher à la dérive. Presque immédiatement, j'avais eu conscience que Raphaël n'avait pas réussi à rester sur le bateau et, dans la même seconde, je m'étais souvenu avec terreur qu'il avait enlevé son gilet de sauvetage avant qu'on chavire. J'essuyais mes yeux, j'essayais, malgré la pluie et les embruns, de distinguer une silhouette au milieu des vagues. Je ne vis rien d'abord et puis, à force de scruter les vagues, j'avais aperçu, entre deux creux, la tête de mon ami. Il surnageait encore, je crois qu'il me voyait aussi. Au bout d'un moment, j'en fus certain car, chaque fois que le rythme des vagues le permettait, je distinguais son visage. Il n'était pas très loin de moi, à une dizaine de mètres peut-être. Je sentais de la peur dans son regard, je voyais parfaitement l'épuisement qui le gagnait à chaque ressac, et la panique qui accompagnait peu à peu cet abandon aux éléments. Il me semblait aussi, et c'était le plus terrible, qu'il m'adressait une supplique. Je croyais alors lire sur ses lèvres ce que j'avais déjà parfaitement compris dans son regard.

« Aide-moi, François, ne me laisse pas me noyer, tu ne peux pas me laisser me noyer. »

Bien sûr, je ne l'entendais pas, mais c'était comme s'il me hurlait sa supplique au visage. Elle résonnait et elle résonne encore au plus profond de mon être. Pourtant, je n'ai pas bougé. Avec mon gilet de sauvetage, je pense que nous aurions pu tous les deux surnager, mais je n'en étais pas certain. J'étais terrifié, et je me suis accroché à la dérive sans pouvoir esquisser le moindre geste pour l'aider. Je ne pouvais plus voir son visage, j'ai fermé les yeux et je sentais la pluie et l'eau de mer me fouetter les joues. J'avais froid, je ne voulais plus voir Raphaël, il fallait que j'évite son regard. Alors j'ai fermé les yeux. C'est tout ce que j'ai été capable de faire. Quand je les ai rouverts, peut-être une minute plus tard, je ne savais pas vraiment combien de temps ça avait duré, je ne voyais plus le visage de Raphaël. Entre les creux, au milieu des vagues, il n'y avait plus rien, juste de l'eau verte et sombre. Et soudain, aux embruns et à la pluie s'était mêlé sur mon visage un flot de larmes aussi violent qu'intarissable. Ces larmes-là, j'en avais la triste certitude, Raphaël ne pourrait jamais s'en moquer.

Chapitre 50

Ben

J'en peux plus de cette caisse, j'en peux plus du François, ce bouffon avec ses conseils et ses airs de faux caïd à deux balles. Qu'est-ce qu'ils croient, les deux vieux, que je suis juste une petite racaille de cité, une petite frappe qu'a peur des flics et des flingues ? L'autre, là, le Momo, y croit quoi, qu'y peut m'impressionner en butant un type dans la caisse ? Mais moi, j'en ai vu des dix fois plus déglingués, des mecs, des trop défoncés au PCP, des bien déchirés à la coke, de ceux qui se prennent pour des cow-boys de l'espace et qui balancent des frigos sur des poussettes du haut de leur immeuble. Juste avant d'aller massacrer la tête de leur mère à coups de marteau. Des petits ravagés du bulbe qui foutent le feu à des gonzesses parce qu'elles sont rentrées trop tard ou qu'elles veulent pas leur faire une pipe. Alors, c'est bon, les gars, faut pas trop vous la jouer avec moi ! En plus, y a Momo qui m'engueule parce que j'ai buté la flic… Il s'est pas trop gêné avec le gros balèze. Et je sais bien que c'est moi qui vais devoir la buter aussi, la gonzesse. Ils vont me laisser faire le sale boulot. Peut-être même qu'ils croient que ça me fait plaisir de la shooter ? Mais moi, j'en ai rien à foutre, je la trouve même plutôt pas chiante. Juste, c'est un job, un job qui te fout la pression grave, où t'as le speed qui te balance des grosses claques dans la face. Un boulot qui déchire un peu plus que de servir des frites et des nuggets. Ça, c'est sûr !

De toute façon, moi, j'ai pas envie de me finir au pastis dans un troquet minable, de me charger pour oublier que mes gosses font les mêmes conneries que moi. Je veux me la jouer *Scarface*, moi, Al Pacino, Mesrine et tout... Ils me font trop planer, eux. Ils en ont rien à foutre, de la conseillère d'orientation, des contrats d'apprentissage, de la CAF, de la BAC, des vigiles du Auchan. Un gros coup de fusil à pompe, blam ! Blam ! BLAM ! Dans leurs faces. Alors si y faut la buter, eh ben, tant pis pour elle ! Pas de chance, « mauvais endroit au mauvais moment », comme on dit. Je t'en veux pas particulièrement, hein, mais tu vois, faut que j'assure, si je veux remonter sur un autre coup. Donc je vais le faire, et c'est tout... Pas le choix, en fait. Je la regarde encore un peu, elle est bien ravagée. Faut dire qu'elle a compris que c'était un gros terminus pour elle. Elle a même pleuré sa mère auprès de cette lopette de chauffeur de mes deux. Du genre : « Les laissez pas me faire du mal, monsieur, laissez pas faire ça, blablabla... » Le Momo, il lui a filé un vieux coup de crosse des familles dans la tronche, et ça l'a calmée direct. En fait, il assure quand même, Momo, il rigole pas, quoi ; quand il faut, il sait s'imposer. Alors moi, tu vois, à ce moment-là, je lâche aussi une petite vanne sur la nana, juste pour montrer à Momo que je suis cool. Et aussi pour emmerder un peu François. Je le vois bien, qu'il se sent mal, il arrête pas de la mater. Depuis que Momo a buté le garde du corps, il nous fait sa crise. Il a dit qu'on était pareils, Momo et moi, genre comme si c'était une insulte. Ben ouais, mon gars, on est pareils, tu vois ! On a un job à faire et on le fait, on n'est pas des gros tocards, comme toi.

Maintenant, on y est vraiment. Alors on va pas se la jouer discutailles. Moi, je vais alpaguer la petite et y va falloir qu'on s'éloigne un peu. J'te promets, ça ira vite, tu sentiras rien, ça va être nickel. On marchera un peu, vers le hangar, là-bas, et quand tu seras entrée, ben je te collerais une bastos derrière les oreilles. Peut-être même que je vais te baratiner un peu, pour te faire croire que je vais juste t'attacher et que les flics ou un des péquenots du coin finiront bien par te trouver... Comme ça, ce sera plus tranquille, tu me feras pas de sketch. Il est temps qu'on se bouge, là. Je vais réveiller un peu les vieux.

— Les gars, je crois qu'on va aller se promener un peu, avec la fille ? Vous me laissez... quoi... disons trois minutes. C'est ça, hein, François, trois minutes pas plus. Ça devrait être bon. Allez, ma grande, on sort.

Et voilà qu'elle se remet direct à crier, à supplier. Mais c'est pas vrai que le coup de crosse de Momo l'a pas calmée ! Faut vite qu'on la sorte de la voiture, parce que sinon, l'autre tocard de François va vraiment nous taper sa crise.

— Allez, faut pas te mettre dans cet état, ma grande, on va pas te buter, hein, les gars ? Si t'es bien sage, je te promets de t'attacher dans la grange et de pas serrer trop fort. Y a sûrement quelqu'un qui va finir par te retrouver. Mais d'abord, il faut que tu sois bien gentille et que tu viennes avec moi. Tranquille, tu vois. Moi, je descends en premier et je viens te chercher.

Ensuite, je sors de la caisse, avec mon flingue coincé dans mon jean. Je sens bien la crosse dans mon dos et je mets la main dessus histoire de montrer aux deux autres que je rigole pas. Je sais pas si elle a cru à mon histoire, mais je suis sûr que ça va la calmer un peu. Dans sa situation, on se raccroche à ce qu'on peut, non ? Dans la bagnole, je vois que ça discute sévère, mais c'est pas mon problème. J'ouvre la porte de derrière et je dis à la fille de venir. Mais c'est ce gros relou de François qui me répond :

— Attends, Ben, referme la porte, j'ai un truc à dire à Momo. Laisse-nous deux secondes, tu veux.

Sans déconner ! Deux secondes, trois minutes… Y fait dans l'horlogerie ou quoi, ce trouduc. Qu'est-ce qu'y croit, qu'on va faire causette dans ce bled pourri en attendant les flics ? Mais le regard que me balance Momo me pousse à fermer la bouche et la porte. S'ils ont pas fini dans une minute, je te jure que je la bute dans la caisse, la meuf. BLAM ! Terminé.

Chapitre 51

François

— Il va la buter, Momo, il va la buter et tu le sais ! On n'a pas besoin de le faire. Sois raisonnable, il y a déjà eu suffisamment de sang ! Momo, écoute-moi, regarde-la, on ne peut pas laisser faire ça. Et pour rien, en plus… Tu le sais bien.

Si je veux éviter l'affrontement, je dois le convaincre que c'est de la folie de la tuer. À nous deux, nous pourrions maîtriser Ben par la force, s'il le faut. Momo me regarde et j'ai le sentiment, ou peut-être simplement l'espoir, qu'il est en train de réfléchir. Il observe Emma, puis il me regarde, puis regarde à nouveau la jeune femme. Ben, qui ouvre la portière à ce moment-là, a l'œil carnassier, un drôle de regard avec une petite lueur assassine qui me glace. Il veut qu'Emma sorte, tandis que Momo ne m'a pas encore répondu. Je demande à Ben de refermer la porte. Il me faut encore du temps pour convaincre Momo, j'en ai besoin… Barre-toi, Ben, barre-toi ! Momo fait un geste de la main sans équivoque. Ben referme donc la portière et c'est sur moi que se pose le regard inexpressif et froid de Momo.

— C'est toi qui n'es pas raisonnable, François. Je te l'ai déjà dit pourtant. Tu ne réfléchis pas ou plutôt tu le fais avec ton cœur et ça, dans notre métier, ce n'est pas bon. Je ne peux rien faire pour cette fille, François, elle s'est condamnée le jour où elle a accepté ce job. C'est son choix, et nous n'y pouvons rien, ni toi ni personne. C'est terminé... Maintenant, nous allons sortir de cette voiture et tu vas aller nous attendre dans l'autre bagnole. Allez, c'est fini.

Imbécile ! Je ne suis qu'un imbécile, tout ça ne sert à rien. Comment est-ce que j'ai pu espérer quoi que ce soit, attendre le moindre geste de ce type ? Il fait son job, sans états d'âme, pas de sentiment, jamais de regret. Ce mec, dans son costard de marchand d'armes, avec son visage mangé par une barbe de trois jours et ses yeux noirs marqués par les excès, est un tueur, un assassin. Pas par plaisir, non, lui, il tue parce que c'est plus pratique, parce qu'il pense que c'est nécessaire, que c'est plus prudent, tout simplement. C'est une mécanique implacable, un calcul froid et morbide. Et c'est justement parce que c'est mathématique que Momo ne changera pas d'avis.

Je regarde encore Emma. Je ne devrais pas, c'est évident, mais je ne peux plus m'en empêcher. Tout serait tellement plus simple si je pouvais ne pas la voir. Pourtant, dès que mes yeux se posent sur son visage, je plonge avec une imprudence éperdue dans son regard, dans ses grands yeux clairs emplis d'un désespoir absolu, d'appels au secours silencieux et de larmes intarissables… Que doit-on faire dans une telle situation, quand on est, comme moi, un type normal qui a mal tourné ? Je pourrais être un père de famille fréquentable, avec un vrai boulot, des enfants bien élevés et des amis qui n'ont jamais fait de prison. Un type qui pourrait être votre voisin, votre frère. La frontière est bien mince quand on y pense, le basculement est si simple, les barrières si fragiles. La facilité, encore et toujours, l'argent facile, les mauvaises fréquentations, l'absence totale de volonté, de toute forme de résistance. La brutalité de l'envie, la puissance de l'orgueil et la force de la paresse, autant de mauvaises raisons pour quitter le chemin de la normalité et emprunter à grandes enjambées les dédales tortueux, mais, hélas, si brillants et addictifs, de la grande délinquance. Momo me tient, c'est vrai, parce que moi aussi, je l'ai choisie, cette voie. Tout seul, comme un grand. Je ne me retrouve pas par hasard dans cette bagnole avec un cadavre qui refroidit, une otage, morte en sursis, deux tueurs sans âme et soi-disant quinze millions d'euros de bijoux. C'est drôle mais ces faux bijoux, je les avais presque oubliés. Ils se sont noyés eux aussi dans les grands yeux d'Emma, ils ont disparu, engloutis par les larmes incessantes de la jeune femme. J'ai raté ma carrière de père de famille, mais je crois aussi que j'ai raté celle de gangster. J'avais sûrement plus de dispositions pour la première que pour la seconde, mais on se trompe souvent de destin. Pas par malchance ou par dépit, non, le plus souvent on se trompe de parcours avec enthousiasme, avec l'énergie de l'insouciance et l'aveuglement obtus des certitudes de la jeunesse.

Momo ouvre la portière et il invite, le terme est audacieux, Emma à descendre. Comme elle ne réagit pas, elle ne réagit d'ailleurs plus à grand-chose depuis déjà un bon moment, il la pousse violemment à l'extérieur avant de s'engager derrière elle. Je vais sortir, moi aussi, mais juste avant d'actionner la poignée de la portière, je sors mon flingue et j'arme le chien. Je vais essayer de ne pas me tromper, pour une fois…

Chapitre 52

Emma

Je ne veux pas sortir de la voiture. Je ne veux pas mourir ici, entre une 2 CV rouillée et une vieille citerne trouée qui pue, au milieu des mauvaises herbes et des moisissures. Je ne veux pas mourir ni ici ni ailleurs. À vingt-trois ans, j'ai encore plein de choses à faire. Partez ! Mais tirez-vous, avec vos bijoux de merde, et laissez-moi, s'il vous plaît ! Je ne dirai rien à personne. Je sais que dès que vous ne serez plus là, j'aurai oublié vos visages, vos prénoms, même l'odeur acide et forte de mon ravisseur. Je vous promets de mettre toute mon énergie au service de l'oubli. Je vous jure de faire en sorte de vous effacer de mon cerveau, de vous repousser jusqu'au tréfonds de ma mémoire pour ne plus jamais vous en ressortir.

Je voudrais leur dire ça, et leur promettre toutes ces choses avec rage et conviction, avec toute la puissance de mes cris et la force de mes peurs, mais je n'y parviens pas. Je n'y arrive plus. J'ai tout juste la force de résister un peu quand Momo veut me sortir de la voiture. Une résistance symbolique et fragile, bientôt réduite à néant par une poussée brutale qui me propulse par terre, aux pieds de mon bourreau. Je suis allongée sur le sol humide et je vois Ben qui me regarde comme si j'étais une bête, comme une anomalie, une tache dans le paysage. Le salaud ne va même pas prendre la peine de m'entraîner vers la grange. Il sort son arme, la pointe sur moi. Je ne ressens plus rien, je n'ai pas de flash, je ne vois pas ma petite vie ridicule défiler devant mes yeux. Il y a juste une pensée qui revient en boucle, obsédante comme une ritournelle de cinglée : je vais mourir, je vais mourir, je vais mourir… Et puis soudain, j'entends la voix de Momo qui interrompt ma mise à mort.

— Pas là, Ben, tu l'emmènes dans la grange et tu fais ça dans les règles. Essaie au moins de faire un truc correctement, ça nous changera.

Ben obéit, il me relève tant bien que mal. Je suis lourde de toute la souffrance et de toute l'angoisse qui me submergent. Lourde du poids de la fatalité imbécile qui m'a conduite jusque-là. Hier encore, l'insouciance légère de ma condition d'étudiante me portait aux sarcasmes piquants et à l'ironie mordante. Là, tout de suite, ce sont mes yeux qui me piquent et mes lèvres que je mords. Jusqu'au sang, histoire de sentir une dernière fois la réalité d'une existence physique qui ne sera bientôt plus. Le néant, sûrement, la douce félicité d'une éternité éthérée et béate peut-être… Mais je n'y crois pas. Je n'y crois plus. Qui serait ce dieu ironique et cruel, qui permettrait aux jeunes filles innocentes d'être sacrifiées sur l'autel de la cupidité ? Un tel dieu n'existe pas, bien entendu. Alors pour moi, ce sera le néant, et rien d'autre.

Ben me pousse vers la grange. Je trébuche et je tourne une dernière fois la tête vers la voiture. François en est sorti. Il est là, debout, derrière Momo, et il me regarde. Je n'ai pas le courage de lui parler, de l'implorer encore, et de lui crier ma peur et mon ressentiment. Je le fixe et je secoue la tête, vaincue par l'absurdité de ma situation et l'indifférence du monde à la cruauté de mon destin. Dans mon désarroi, dans la buée de mes larmes, je distingue pourtant le sourire qui s'inscrit sans ambiguïté sur le visage glabre de François. Alors lui aussi a rejoint les monstres de mon enfance ? Il se réjouit de mon sort et se nourrit de mes douleurs. Comment ai-je pu être assez stupide pour croire que mes plaintes aient pu avoir la moindre influence sur ces caractères arides, sur la folie égoïste de mes ravisseurs ? C'est la fin, Emma, la vraie, pas celle des classes blanches du collège, des cours grises du lycée et des couloirs bruns de la fac. Pas ces achèvements vite oubliés et sans cesse renouvelés qui naissent des chagrins éphémères d'amours adolescentes. Cette fois-ci, c'est la grande fin. Je ne veux plus regarder François, je veux fermer les yeux et attendre le néant qui sera bientôt mon quotidien… pour l'éternité. Juste à cet instant me revient une phrase de Woody Allen, qui m'a toujours beaucoup fait rire, sauf aujourd'hui. « L'éternité c'est long, surtout vers la fin. » Mais là, je n'ai vraiment pas envie de sourire. Et c'est un coup de feu qui, au lieu de me le faire quitter, me fait revenir au monde. Un coup de feu qui éclate derrière nous, puis un cri suivi d'un bruit sourd et d'un mouvement vif de Ben, qui se retourne brutalement et pointe son arme vers la voiture. Il se tient comme un cow-boy et serait définitivement ridicule s'il ne se mettait à tirer en hurlant comme un dément. Soudain, il s'écroule, cette fois sans emphase ni posture, comme dans la vraie vie, comme s'écroulent certainement tous les hommes abattus par une arme. Sans cris et sans agitation, presque discrètement.

Je n'ose plus regarder vers la voiture, je ne veux pas savoir. Je n'entends plus rien, ni plainte ni cri, juste l'absence des bruits urbains ordinaires, le silence évident au milieu de la campagne moribonde. Je suis vivante, mais je comprends que ce ne sera plus la même vie, plus jamais. En revenant vers la voiture, j'en ai l'effroyable certitude.

Chapitre 53

Marc

Nous sommes à Bourgenseuil, Patrick Verdun le bien-nommé et moi. « Bourgenseuil-la-Sinistre » ou « Morose-en-Bourgenseuil » seraient à mon avis plus adaptés à cette affreuse bourgade. Un village sans charme doté d'une unique rue principale, d'une boutique d'alimentation aux volets clos et d'une station-service désaffectée. Un petit village gris, au cœur duquel l'absence inquiétante de tout être vivant contribue à créer une ambiance délétère. Visiblement, les renforts ne sont pas encore arrivés. La bonne nouvelle, c'est que leur véhicule est là. Enfin, bonne nouvelle, je ne sais pas, la présence de la voiture ne signifie pas qu'ils sont dans la maison. Pourtant, je nourris encore cet espoir car nous avons, grâce à Patrick, atteint l'affreux village en un temps record.

Je l'appelle Patrick, maintenant. Nous avons un peu discuté dans la voiture qui filait vers ce bled. De toute façon, je ne pouvais pas me résoudre à l'appeler lieutenant Verdun. C'est étrange comme l'urgence, le stress, la peur sans doute, peuvent rapprocher deux types qui, *a priori*, n'ont pas grand-chose en commun. Mais nous savons, lui et moi, que nous nous dirigeons vers le théâtre de tristes opérations, que nous allons avec empressement au-devant d'individus armés, dangereux et dénués de toute forme de sensibilité. Et cette proximité du danger nous rapproche un peu. Malgré tout, j'espère avec force cette confrontation, car elle m'apparaît comme le seul moyen de me sortir de cette situation avec la tête moins basse. Le pire serait sans doute que nous ne trouvions personne… Non, réflexion faite, le pire serait que nous ne soyons plus que les découvreurs anéantis des corps sans vie des deux otages, les témoins impuissants des braqueurs envolés, disparus à jamais. Et même l'idée qu'ils ne feront pas grand-chose d'un sac de faux bijoux, si ce n'est un très beau cadeau de Noël pour une de leurs maîtresses, ne suffira pas à me mettre du baume à l'âme.

Patrick se gare à une centaine de mètres d'un portail vermoulu et entrouvert, sur lequel une peinture fatiguée craquelle en désordre. Nous descendons doucement de la voiture. J'ai eu le commissaire au téléphone il y a quelques instants, il m'a demandé d'attendre les renforts qui, m'a-t-il assuré, sont à cinq minutes du village. Au point où j'en suis, ce n'est pas une petite désobéissance qui va aggraver mon cas. En revanche, pour Patrick, la situation est différente.

— Écoute-moi bien, Patrick, tu vas rester là. Les renforts vont arriver d'un instant à l'autre. Je vais aller jeter un coup d'œil dans la propriété, ce n'est pas la peine que tu prennes de risque.

Le lieutenant Verdun me regarde un instant sans rien dire, puis s'anime soudain. C'est son mode de fonctionnement habituel, je l'ai bien compris maintenant, et je ne m'en étonne plus. Il ne s'agit pas d'un problème de compréhension ou de retard à l'allumage, en fait, Patrick prend le temps de l'analyse, pèse chaque mot, en mesure les implications, en calcule la portée puis assoit une décision, inamovible et inébranlable. Je n'insiste donc pas lorsqu'il m'assène avec véhémence, enfin toute la véhémence dont cet imperturbable analytique est capable :

— Vous ne croyez quand même pas que je vais vous laisser y aller tout seul ? On fait équipe, non ? Il n'est pas question que je reste dans la voiture à attendre la cavalerie, caché comme un pleutre derrière le volant. Vous voulez que toute la police de France se foute de ma gueule jusqu'à la fin de ma carrière ?

Mon pauvre vieux, si tu continues à me suivre avec ce bel enthousiasme, la fin de ta carrière risque de se rapprocher à vitesse grand V et tu n'auras plus longtemps à attendre pour la quitter, la belle police de France, quolibets ou pas. Alors comme ça, tu veux y aller, tu veux en découdre avec les méchants ! Venger ton nom, peut-être le couvrir d'honneur et laver ainsi les affronts de l'histoire, blanchir un patronyme que les déboires sanglants ont relégué au rang des plus écœurantes et inutiles barbaries de l'art de la guerre. OK, Patrick, on y va. Mais sache qu'il y a peu de chances pour qu'il y ait la moindre espérance de gloire ou de rachat au bout de ce chemin.

Je m'avance donc vers le portail. Patrick est derrière moi, il a encore les réflexes acquis à l'école de police. Des attitudes et des automatismes répétés des centaines de fois qui se mélangent pourtant à d'étranges postures. Des mouvements circulaires iconoclastes qui sortent plus vraisemblablement d'une série américaine à la mode que du manuel du parfait petit lieutenant. Une de ces séries expertes où des policiers scientifiques passent leur temps à annoncer d'un ton morne des phrases définitives et sentencieuses en soulevant leur Ray-Ban. Et tout ça avant de lever le voile d'un mystère impénétrable à grands coups d'analyses magiques, d'appareils fantastiques et d'autopsies miraculeuses.

Juste avant que nous n'arrivions au portail, Patrick, qui me précède, se plaque contre un des battants et jette un coup d'œil furtif dans l'enceinte de la maison. Très franchement, à la vitesse à laquelle il a regardé, ça m'étonnerait beaucoup qu'il ait pu voir quelque chose. Si la situation n'était pas si tendue, je pense que je pourrais en rire, mais là, étrangement, non. Il me fait signe d'y aller. De toute façon, je n'ai pas le choix, et la perspective de mourir l'arme au poing me semble dans l'instant moins désespérante que celle d'avoir à justifier un fiasco aussi monumental. Alors je m'élance avec l'énergie du désespoir et l'inconscience du condamné, je me jette à l'intérieur d'une cour sale envahie de mauvaises herbes. Au beau milieu de l'enceinte trône le monstrueux 4 × 4 rouge, comme un OVNI égaré dans un siècle qui ne lui appartient pas.

Pour le moment, je ne vois personne. Mon regard est absorbé par la grosse bagnole posée au milieu de la cour, devant la vieille maison sans charme. Puis je repère un corps plus loin, devant une sorte de hangar. Ce ne sera pas le premier cadavre que je verrai ici, je le sens. Le tout est de savoir combien il y en a et surtout de qui il s'agit. Et accessoirement de ne pas y ajouter le mien ou celui de Patrick.

Mais nous n'aurons pas à combattre, pas d'actions de hautes luttes à accomplir, Patrick, pas de gestes héroïques. Ici, la bataille est terminée et nous n'en serons que les tristes et mortifères comptables.

Chapitre 54

François

Un peu tard, bien trop tard pour réfléchir… Dans un instant, je ne la verrai plus pleurer. Elle est venue, doucement, elle s'est approchée de moi et m'a pris la main. Je me souviens de son prénom, elle s'appelle Emma. C'est joli, un peu désuet, presque suranné mais joli.

Elle me parle, je vois ses lèvres bouger. Je me souviens, je suis sorti de cette voiture et puis j'ai tiré sur Momo presque immédiatement. Il s'est écroulé en poussant un cri et Ben s'est mis à tirer lui aussi. Après je ne sais plus très bien… Quelle affreuse ironie, quand je pense qu'on raconte que les chemins de la rédemption sont semés de longues et douloureuses épreuves, d'errements solitaires, une somme d'interrogations, comme un couloir compliqué et obscur au bout duquel une révélation éclaire l'âme perdue pour mieux la sauver. Pour lui ouvrir enfin les portes de la félicité éternelle… Foutaises ! Je vais vous dire, le chemin de la rédemption, c'est juste un truc qu'on emprunte comme ça, sans réfléchir. Une chose insensée que j'aimerais bien, pour ma part, n'avoir jamais croisée. D'ailleurs, je ne sais pas si ça compte quand même quand on n'a pas vraiment fait exprès... Je ne devrais pas tarder à le savoir. J'ai tout de même tué deux types. Alors comment on compte, hein ? Deux malfrats sans scrupules contre une jeune femme dont l'innocence reste à prouver... Combien ça vaut, une âme de psychopathe ? Une demi-âme de jeune fille, un quart, un tiers... J'avoue que moins d'une demi-âme, ça m'arrangerait pas mal. Les comptes seront à mon avantage. En cet instant précis, j'espère juste qu'il y a quelques âmes un peu grises dans leur paradis blanc...

Je ne vois plus très bien Emma, une sorte de brouillard cotonneux, de plus en plus blanc, de plus en plus dense, recouvre peu à peu le paysage. De toute façon, c'est tellement moche ici que je ne perds pas grand-chose. Je ne perds rien en fait, rien du tout. Je quitte par la petite porte une vie sans éclat au milieu d'un petit village sans intérêt. Au moins, je ne retourne pas en prison, bien mince consolation, mais je préfère encore le morne néant d'une sombre éternité à la noire solitude de l'incarcération. Mais peut-être que ça existe vraiment, le paradis. Les anges, les vertes prairies où les âmes sauvées s'ébattent joyeusement en caressant des licornes affectueuses et en jouant de la lyre entre deux béatitudes. Cette fameuse question qui travaille tout le monde, même les plus sceptiques d'entre nous, j'en aurai peut-être très bientôt la réponse... Ou pas. Après tout, s'il n'y a rien, je ne m'en rendrai même pas compte, non ? Tout ça est un peu compliqué. Je reviens quelques instants à la réalité du monde des vivants, un monde auquel je n'appartiens déjà plus vraiment quand je sens plus que je ne vois que l'on se penche sur moi. Je voudrais parler mais je ne peux plus bouger les lèvres… Je voudrais me redresser mais mon corps est immobilisé. Je n'ai plus mal, c'est déjà ça.

Je ne vois plus rien, tout est blanc. Je ne sens plus rien, je n'ai plus mal, je n'ai plus froid, je n'ai plus… J'ai juste envie de dormir… Je vais enfin pouvoir me reposer… Ça y est, c'est terminé… Je dors.

Chapitre 55

Marc

Marie est morte dans l'ambulance qui l'emportait vers l'hôpital. Les trois ravisseurs sont morts ou presque, et le garde du corps est mort. Tous morts… La jeune femme, Emma, est dans un triste état. Elle s'accroche en sanglotant à ce type mourant allongé près de la voiture. Au moins, elle est vivante, c'est toujours ça que je pourrai mettre à l'actif d'une opération dont le bilan est pour le moins catastrophique. Le corps de Maurice Bartozzi est étendu à quelques mètres du 4 × 4, dans son beau costume d'homme d'affaires taché de sang. Patrick est à côté de moi et note avec une attention scrupuleuse et maniaque la position des corps, du véhicule, des armes et des arbres, sur son petit calepin ridicule. On dirait un collégien, premier de la classe, au cours d'une visite d'entreprise. Je crois qu'il fait ce qu'il peut pour occuper son esprit à autre chose qu'au décompte sinistre de cette triste opération. Je ne vois déjà plus chez lui ce bel enthousiasme et cette franche camaraderie qui nous avaient pourtant rapprochés pendant notre voyage express vers Bourgenseuil. Je ne peux pas lui en vouloir, il prend ses distances et je crois qu'il a raison. Après tout, je suis prêt à le couvrir, ce garçon, ça ne devrait pas être trop dur : le seul truc qu'il ait fait, c'est obéir, non ? Abnégation, courage et docilité, finalement il porte plutôt bien son nom… Moi, je serai bientôt *persona non grata* au sein d'une police que je vais devoir quitter sans honneur ni trompette.

Le commissaire principal Blier, que je viens d'avoir au téléphone, me l'a d'ailleurs annoncé sans ambiguïté :

— Alors là, mon vieux, je ne vais plus rien pouvoir faire pour vous. Il ne faut pas m'en vouloir, vous savez, Marc, j'aurais moi aussi préféré que les choses soient différentes. Cela aurait été mieux pour tout le monde, et surtout pour moi. Je ne vais même pas accepter votre démission, pas tout de suite en tout cas… Il va y avoir une enquête, Marc, préparez-vous à vivre des moments difficiles. Vous serez seul face au bilan navrant d'une opération désastreuse. Maintenant, vous attendez les autres, vous ne faites rien, évidemment. De toute façon, vous ne pouvez plus vraiment aggraver les choses, tout le monde est mort ou presque, n'est-ce pas ? Allez, allez, Marc… Bon courage…

Et il a raccroché. Au moins, les choses sont claires. Comme encouragements, j'ai déjà vu mieux, mais je sais maintenant à quoi m'attendre. J'ignore encore ce que je vais faire après. Quoi qu'il en soit, ça me semble très lointain. Il va d'abord falloir traverser les affres humiliantes d'une enquête administrative minutieuse. Ils ne laisseront rien passer et épingleront avec une méticulosité d'entomologiste le moindre des égarements qui m'ont amené jusqu'à ce bilan. Il y aura la presse, aussi, à cause des fuites, inexorablement. Moi qui rêvais d'avoir mon nom dans les journaux, je vais être comblé.

Je me penche vers la jeune femme et je tente de la prendre dans mes bras pour la ramener vers notre voiture et la mettre à l'abri avant l'arrivée de la cavalerie. Je lui parle doucement.

— Venez, Emma, venez avec moi. On ne peut plus rien pour lui… Je suis désolé.

Je ne sais pas si elle m'entend. Elle me regarde en silence sans pour autant lâcher le corps du type allongé par terre, et que je reconnais maintenant. C'est François, le flambeur. Pauvre François, ce n'était vraiment pas une vie pour toi. Sortir de taule pour aller se faire flinguer sur un coup merdique au milieu de nulle part. Au moins, tu ne sauras jamais que les bijoux étaient faux. Ou peut-être l'avais-tu déjà compris ? Tu vois, c'était vraiment pas un bon plan, ce coup-là. Crois-moi, pour personne.

J'insiste à nouveau auprès d'Emma pour qu'elle m'accompagne et que nous quittions enfin ce charnier.

— Allons, Emma, soyez raisonnable, venez avec moi, c'est terminé maintenant. Vous êtes hors de danger. Venez.

Elle se relève tout doucement puis, juste avant de se redresser, referme les paupières de François. Elle me regarde à nouveau alors et me murmure une phrase étrange.

— Vous comprenez, il était le seul à pouvoir le faire… Vous savez, c'était lui la faille dans la citadelle… Allons-nous-en maintenant. S'il vous plaît, je veux rentrer.

Nous ne sommes pas rentrés tout de suite mais je n'ai plus obtenu d'elle un seul mot de plus. Elle est vivante, certes, je crois pourtant qu'elle est loin d'être indemne. Pardon Marie, pardon Emma, pardon…

Chapitre 56

Marc, bien plus tard…

Je sais à quel point les enquêtes administratives peuvent être âpres, mais celle qui a suivi mon affaire a été particulièrement difficile. Non pas parce que les enquêteurs ont mis un zèle tout administratif à démêler l'écheveau d'erreurs et d'approximations qui, la malchance aidant, avaient conduit cette opération au désastre et à la mort. Après tout, ils faisaient leur boulot, avec ni plus d'enthousiasme ni moins d'excitation que n'en aurait trouvé un commissaire aux comptes à ne pas valider un bilan. C'était méticuleux, précis, sans passion mais exhaustif. Et c'est cette exhaustivité qui a rendu cette enquête insupportable. Car à chaque manquement, à chaque mauvaise décision que pointaient les enquêteurs, le visage exsangue de Marie me revenait en pleine gueule. Je ne me repassais pas les instants où j'aurais peut-être dû donner une instruction, ordonner l'arrestation immédiate de l'équipe, stopper l'opération… Tout cela n'avait plus vraiment d'importance, je n'y pensais même plus. Déjà résigné, je connaissais trop bien l'issue de l'enquête. Mais pour Marie... Elle n'a pas quitté mes pensées pendant toute la durée des investigations et continue encore aujourd'hui à être la compagne de mes nombreuses insomnies. Je suis plus que tout autre responsable de sa mort stupide, responsable d'avoir fait de cette fille incroyablement vive et enthousiaste, de cette jolie brune souriante et extravertie, ce corps déchiré et sans vie étendu sur une des tables d'autopsie glacées de l'Institut médico-légal.

J'étais allé aux obsèques. Je n'avais pas vraiment réfléchi, j'y étais allé, c'est tout. J'étais resté à l'écart pendant que le préfet avait prononcé une oraison funèbre teintée de patriotisme lyrique et d'envolées « bleu-blanc-rouge ». Ses parents avaient été admirables, tout en douleur contenue et en dignité de surface. Ils étaient, bien entendu, ravagés par la tristesse et le chagrin. Pourtant, seuls une sorte d'égarement chez la mère et le regard vide du père avaient laissé transparaître leur infinie tristesse. Un jeune homme, son fiancé, s'était effondré devant le cercueil de Marie. Incapable de se relever, il avait gémi sa souffrance et sa douleur, et chacun de ses cris et de ses sanglots avait résonné pour moi comme si toute l'assemblée me hurlait au visage ma culpabilité. J'étais parti avant que les proches ne quittent l'église. Je ne voulais pas les voir, ni être vu : je ne m'en sentais ni le droit, ni le courage.

Dans cette affaire, une seule personne s'en était sortie, et ce n'était pas Marie. Une survivante... Rarement ce terme n'aura été aussi juste. Lorsque nous avions récupéré Emma, j'avais senti que quelque chose était mort en elle. Je n'ai pas eu beaucoup d'informations la concernant par la suite. Cette fille avait dû croire que ce travail ne serait qu'un jeu, un peu dangereux certes, mais terriblement excitant. Jusqu'au moment où le sang avait commencé à couler pour ne plus s'arrêter. Aujourd'hui, plus de dix ans après cette histoire, j'ignore ce qu'elle est devenue et je ne veux pas le savoir. Je sais simplement qu'elle avait refusé le soutien psychologique que nous lui avions proposé et qu'en raison de l'absence de procès, faute de prévenu vivant, je ne l'avais plus jamais revue. Mais je crois, moi, qu'elle aurait dû accepter de consulter un psy. Parce que la dernière fois que j'avais eu l'occasion de lui parler, dans la vieille maison, à côté du corps inerte de François, elle avait le regard… vide. J'espère qu'elle s'en est sortie et qu'elle a pu construire une vie, j'espère qu'elle ne s'ajoute pas à la trop longue liste de celles foutues en l'air que je peux mettre à mon pitoyable palmarès d'ex-flic.

Bien entendu, j'ai été révoqué. Sans pouvoir, ni vraiment vouloir, me défendre ou faire valoir des circonstances atténuantes. J'ai quitté la police sans éclat et sans heurt et je me suis retrouvé au chômage. Quand on est viré de la police, ça n'est pas facile de retrouver du boulot. D'abord, parce que tous les employeurs se doutent bien que si vous ne faites plus partie de l'Administration, c'est que quelque chose de très sérieux a dû percuter votre plan de carrière. Ensuite, parce que ce que j'ai appris à l'école de police, eh bien, c'est surtout dans la police qu'on s'en sert… Alors je me suis recyclé radicalement. Aujourd'hui, je suis horticulteur ou plus précisément obtenteur de roses. Peut-être ne savez-vous pas ce qu'est un obtenteur de roses, je l'ignorais moi-même avant de le devenir. J'ai accepté un petit job de vendeur chez un ami horticulteur qui m'a peu à peu initié aux mystères et à la complexité de la création de nouvelles variétés de roses. Le travail de l'obtenteur consiste à accélérer le rythme de la nature et à réduire la part du hasard en réalisant des fécondations nouvelles, en croisant des variétés grâce à des outils de plus en plus sophistiqués. Je me suis pris au jeu, je suis même devenu aujourd'hui une sorte de référence. J'ai remporté de nombreux prix et été récemment médaillé d'or au Concours international de roses nouvelles de Bagatelle… Une consécration pour tout obtenteur qui se respecte. Cette médaille, je l'ai obtenue avec ma dernière création, une rose d'une blancheur diaphane mais d'un éclat incroyable, aux pétales fragiles mais à la compacité formidable. Une fleur dont seul le cœur est d'un rouge sang dense et diffus qui semble peu à peu s'étendre sur la blancheur immaculée de sa corolle. Cette rose, privilège du créateur, je l'ai baptisée Marie.

Chapitre 57

Emma, aujourd'hui…

Nous roulons en silence depuis bientôt deux heures. Les enfants dorment à l'arrière de la voiture. Parce que, finalement, je l'ai eue cette vie pleine de surprises, d'aléas, de petits drames, de tristesses solitaires et de joies partagées. Je l'ai rencontré ce type formidable au regard si doux. Aussi improbable que cela puisse être, j'ai réussi ma thèse sur l'influence des places fortes dans l'architecture militaire moderne. Je ne suis peut-être pas la formidable historienne que je souhaitais devenir, mais les enfants du collège m'apprécient et leurs parents me saluent lorsque je les croise au supermarché. Et je suis passée à la télévision, quand même. Bon, c'est vrai, juste sur la TNT, une émission historique à vocation pédagogique qui portait sur, devinez quoi ? les forteresses et les châteaux forts… À chacun sa gloire, je suis sans doute au rez-de-chaussée de la reconnaissance, une sorte d'escabeau ou plutôt de strapontin de la célébrité. Pourtant, j'éprouve à chaque fois la même fierté un peu imbécile lorsque les enfants me disent que, franchement, j'étais « trop bien dans l'émission de la télé ».

Je n'ai pas accepté la psychothérapie que les policiers avaient voulu me faire suivre. Je n'ai pas non plus souhaité répondre aux innombrables sollicitations des journalistes. Ceux qui voulaient que je raconte encore et toujours l'incroyable histoire du « casse de Vendôme » ou la dramatique aventure de « la miraculée de Bourgenseuil ». Au choix, selon l'inspiration plus ou moins heureuse, et le plus souvent très malheureuse, de la presse populaire. J'ai donc décidé de me reconstruire seule, de ne plus jamais y penser. J'ai voulu saisir à bras-le-corps la chance qui m'avait été offerte, fermement, avec enthousiasme, avec envie. Pourtant, je sais maintenant que les vilains farfadets, les grands méchants loups et les monstres froids existent bel et bien. Et pas uniquement dans les couloirs sombres des vieilles demeures familiales ou dans les affreux contes que je raconte à mes enfants. Je le sais parce que je les ai rencontrés. Je le sais parce qu'ils ont tué Joe, François, Marie et, avec eux, mon innocence, ma jeunesse, mon insouciance et ma naïveté.

Aujourd'hui je possède une arme ou, plus certainement, je suis possédée par elle. Mon mari, qui le sait, est très inquiet. Il a peur pour les enfants mais je suis prudente. Je suis bien placée pour connaître la terrible puissance contenue dans cet objet. Le souvenir en est encore vif et douloureux. Je sais trop bien comme les chairs peuvent être meurtries et déchiquetées, les os pulvérisés par les terribles petits morceaux de métal qui s'échappent en hurlant du canon de ces armes. De petits insectes délétères qui vous attaquent avec une brutalité fracassante, dans un déluge de bruit et de fumée. Pourtant, mon arme est chargée en permanence. Et elle ne me quitte pas, jour et nuit. Je dors avec, je sors avec, je la garde dans la salle de bains, c'est devenu une sorte d'affreuse excroissance. Je vis dans une espèce de symbiose grotesque et monstrueuse avec cette chose de métal. Je ne supporte pas de ne plus sentir son poids, de ne pas serrer sa crosse plusieurs fois par jour comme un rituel. Je m'entraîne deux fois par semaine, dans un club de passionnés de tir légèrement inquiétants auxquels je n'ai rien à dire. Je prie pour ne jamais avoir à me servir de mon arme, mais je sais que le jour où je devrai me défendre ou protéger mes enfants, je serai prête.

Voilà… À cause d'eux, je suis devenue quelqu'un que je déteste. Au fond, je hais mon arme, tout comme ces pulsions d'autodéfense qui m'assaillent régulièrement et me donnent l'impression d'être un vieux facho paranoïaque. Tu sais, François, je vois ton visage de temps en temps. Pour être totalement sincère, ça arrive même souvent, bien trop souvent. Ou plutôt, je vois tes visages. Celui fermé, inquiet et torturé que tu avais dans la voiture. Celui que tu composais lorsque tu en es sorti, avec cette sorte de soulagement dont je n'avais d'abord pas saisi le sens. Et surtout ton dernier visage, celui dont j'ai refermé des yeux qui ne me voyaient déjà plus. C'est celui-là qui me revient le plus souvent. Je peux même le deviner là dans les reflets mouvants et colorés du pare-brise. Je n'arrive même pas à te rendre responsable de ce qui est arrivé, même si je sais bien ta culpabilité. Mais tu n'étais pas comme eux, finalement, n'est-ce pas ? Pourtant, ce que vous m'avez volé est sans doute ce que j'avais de plus précieux. Je le vis tous les jours, dans ma chair et dans mon sang, dans les regards que je porte sur mes enfants, sur les gens qui passent près d'eux, sur tous ces inconnus qui les regardent. Vous m'avez volé mon innocence, la confiance que je pouvais encore avoir en la nature humaine… Je ne suis plus, c'est vrai, cette petite fille apeurée qui court à perdre haleine dans le grand couloir sombre de la vieille maison. Je suis devenue, et ce n'est guère mieux, une femme qui survit avec, à chaque instant, cette peur abyssale qui l'accompagne et dont elle croit pouvoir se protéger avec une arme. Dérisoire et absurde rempart. Tu vois, François, en définitive, c'est juste ça que vous m'avez volé. Vous, vous êtes tous morts et moi, je suis prête à tuer.

Chapitre 58

François, bien plus loin… maintenant

Moi aussi, je vois ton visage, Emma. Il me suffit simplement de penser à toi, d'évoquer ton souvenir pour que tu apparaisses. Pour que je sache ce que tu fais, ce que tu es, ce que tu deviens… Et puis ici, tu sais, rien n'a vraiment de réalité, de consistance. C'est une sensation très étrange et apaisante. Le temps ne représente rien, je ne sais pas depuis combien de jours, combien d'années, je suis dans cette brume blanche, sans odeur, sans chaleur et sans bruit. Je vois sur ton visage les traces du temps qui passe, celles des épreuves que tu as traversées et des tourments que tu vis encore. Par notre faute. La mienne, celle des autres, Momo, Ben… Pour eux, je ne vois rien, pas même leur visage, leur ombre. Bien que je les appelle, rien n'apparaît. Tout est sombre. Sombre et glacé…

Mais toi, je te revois parfaitement t'approcher de moi, près de la voiture. Je te sens te pencher sur moi avec un regard vide et insensé. Je sens maintenant en toi ce mélange de haine et de douleur, de tendresse et de compassion. Je suis capable de comprendre en cet instant ce que je ne pouvais plus ressentir, allongé dans l'herbe, près du corps de Momo. Tu te penches sur moi avec beaucoup de douceur et de précaution, tes yeux sont baignés de larmes, tu chuchotes des mots incompréhensibles. J'y devine pourtant de la reconnaissance, peut-être même du pardon et puis soudain les accents violents d'une profonde colère. Tes mains caressent mon visage puis elles se posent avec douceur sur ma bouche, recouvrent mes yeux, mon nez. Tes larmes coulent sur mes joues au moment où tu approches davantage ton visage du mien. Je sens la pression de tes mains qui se fait de plus en plus forte, plus insistante, tout ton corps qui pèse maintenant sur le mien. Ton étreinte se révèle alors et ne devient plus que ce qu'elle est : une triste et macabre posture qui ne fera, c'est vrai, que précipiter ma mort.

Alors, oui, j'ai conscience aujourd'hui de notre faute et, même si celle-ci doit m'être pardonnée, elle est encore bien plus terrible que ce que tu peux imaginer. Nous sommes tous morts, c'est vrai, mais c'est toi, Emma, qui m'as tué.

Remerciements

Un très grand merci aux éditions Pocket pour la confiance qu'elles m'accordent et pour la promotion de la lecture que permet ce si sympathique format poche.

Un immense merci à Céline Thoulouze, mon éditrice de toujours, pour sa bonne humeur permanente et son enthousiasme jamais démenti.

Un merci du fond du cœur à toi, lectrice ou lecteur, pour t'emparer de mes histoires et les réécrire à ton tour avec toute la force et la complexité de ton imaginaire.

Cet ouvrage a été composé et mis en page
par Nord Compo à Villeneuve-d'Ascq

Imprimé en France par CPI
en décembre 2020
N° d'impression : 3041884

Pocket – 92 avenue de France, 75013 PARIS

S30627/02